WARNING
BEFORE T
OF THE
ME
左牧
Character File ▶ 001
喜歡耍小聰明，充滿心機的利己主義者。
曾受人委託參加遊戲，有冷靜分析和觀察的能力，雖說是
普通人，但對血腥畫面習以為常。
私家偵探

BEFORE THE END
OF TH AME
第二部
SEASON 2
兔子
Character File ▶ 002
個性古怪，偶爾會表現出懦弱的一面，但戰鬥時卻可以面無表情地將人殺害。
原是無主罪犯，遇見左牧後主動接近他。對左牧有相當強烈的占有欲，是個讓人捉摸不透的神祕男子。
殺人魔
WARNING

WARNING
BEFORE
END
OF THE G
第二部
SEASON 2
軍人
羅本
Chara
File ▶ 003
具有道義精神，但並非正義使者，會視情況判斷自己的行動，重要時刻也有可能背叛同伴。
槍械專家，近戰不強，擁有很強的狙擊能力，基本上只要扣下扳機就不會失誤。

WARNING
BEFORE THE END OF TH ME
第二部
SEASON 2
黑兔
Character File ▶ 004
出名的暗殺高手，擅長偷襲和竊取情報，格鬥技巧熟練，沒有武器也能輕鬆消滅手持武器的對手。逃離組織後暫時加入左牧的隊伍裡，和兔子合不來但意外地還滿喜歡親近羅本。
殺手

草子信
illust 日々
遊戲結束之前
ゲームが終わる前に
第二部
SEASON 2
I
三日月書版
輕世代 FW401
BEFORE THE END OF THE GAME SEASON 2

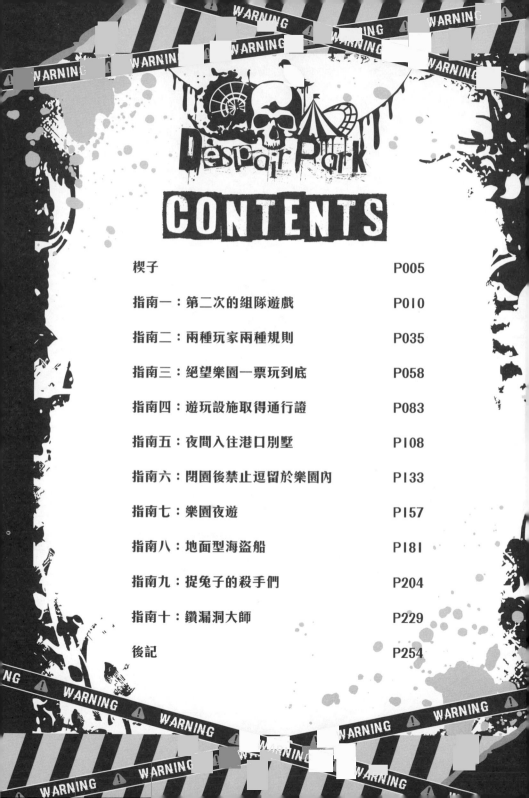

Despair Park

CONTENTS

楔子

一聲槍響，眼前的男人大腿被子彈貫穿後倒地。

男人大叫一聲，狼狽地趴在地上顫抖，在被子彈擊中前，早已遍體鱗傷，皮開肉綻、鼻青臉腫，看得出來被人揍得不輕。

開槍的人輕推眼鏡，將彈匣打開後檢查子彈數量，厭煩地咂舌。

「還以為多少有點用處……算了。」

他將空彈匣取出後扔在地上，順手將手槍拆解，扔到窗外去。

「啊……啊啊……」

「吵死了，給我閉嘴。」

他皺緊眉頭朝趴在地上哀號的人抱怨，無視他垂死掙扎的模樣，繞過對方走向前面的出口，頭也不回地離開。

在通過這扇門之後，他並沒有離開室內，而是來到一個圓形廣場。

廣場旁的水泥牆有許多門，除他之外，也有其他人從那些門裡走出來，而且每個人看上去都有些狼狽、疲倦，甚至是充滿著驚慌的表情，似乎不明白自己為什麼會在這裡。

左牧嘆口氣，搔搔頭髮，沒過幾秒後他就被從旁邊飛撲過來的人影撞倒。

「噗！」

差點沒咬破舌頭的左牧整個人倒地不起，身上掛著一個比他身材高大的男人。

這個男人不是別人，正是兔子男。

「你這傢伙……」

摔在地上的關係害他後背痛到不行，但兔子男卻完全沒有反省的意思，雙手環住他的脖子用力磨蹭。

再這樣磨蹭下去，感覺他的臉皮要被磨出火花來了。

左牧黑著臉抓住兔子男的天靈蓋，皮笑肉不笑地對他說：「給我放手。」

兔子男感覺到左牧生氣了，於是立刻跳起來，乖巧聽話地抓住左牧的腋下，小心翼翼把他抱起來放在地上。

左牧抖掉衣服上的灰塵，心中百般無奈，但也沒辦法。

一旦看到兔子男低頭反省的可憐模樣，他就無法再繼續對他生氣。

仔細想想，他總是容易對兔子男心軟，而且一起生活後，他好像變得越來越放縱他了。

「總之，我們倆是沒問題了。現在就等其他人過來……」

「是說我們嗎？」

才剛提起這件事，羅本就突然開口搭話，黑兔也站在他旁邊，一臉厭惡地盯著兩人看，似乎對他們剛才的互動非常不滿。

雖說羅本老是要他習慣這件事，但他就是沒辦法接受，光是看到兔子男緊黏著左牧，不管到哪都要跟在他屁股後面的模樣，就令他反胃。

果然，這三個人裡只有羅本才是正常人。

「你現在在想很失禮的事情對吧？」左牧一眼看穿黑兔的想法，黑兔因為心虛，索性把帽子拉低，遮住自己的臉並慢慢退到羅本身後去。

羅本看了一眼兔子男之後，對左牧說：「總之，進入『那個地方』的門票算是順利拿到手了，這樣的話計畫也能順利進行。」

「嗯，是啊。」左牧雙手環胸，歪頭思考，「不過總覺得有點太簡單，和之前的程度有很大的落差。」

「畢竟這次的『遊戲』是不同類型，你已經聽陳熙全解釋過了不是嗎？」

「就是因為聽過解釋所以才更難相信。」

「反正這樣不是挺好的？我們都能從那種高難度的孤島裡逃出來，這次的『遊戲』肯定也是小菜一盤。」

「……哈，希望如此。」

左牧雖然苦笑回答，但他很清楚，實際上絕對沒那麼簡單。

他的腦袋裡有很多疑問，想要解開這些問題，就只有親自去一趟才能搞懂。

即便他心裡很清楚，這是針對他的陷阱，然而他卻沒有拒絕的權利。

「都到齊了的話就走吧。」左牧將手插入口袋，跨過三人之間，走向掛有出口指示燈的大門，「既然他們精心準備新的遊戲邀請我們，那我們就得好好陪他們玩一場。」

沒錯，玩遊戲。

既然主辦單位用這種方式主動把他拐回去，那他當然也要欣然接受才行。

左牧輕輕勾起嘴角，一點也不畏懼，倒不如說現在的他充滿期待。

因為擊潰想要報仇的敵人，讓他們徹底明白自己永遠都不可能殺得了他——聽起來不是很有趣的事情嗎？

當左牧四人離開這個由水泥建造而成的大型建築區之後，出現在他們面前的，是幾名穿著黑色西裝、面無表情的男人。

站在這群男人正中央的，是名看起來有點年紀的執事，彬彬有禮的態度，以及面帶笑容的和藹表情，和這個地方完全不搭。

「恭喜您取得遊樂園的入場券。」

在對方向左牧等人祝賀的同時，一名穿著黑色短裙的女人拿著托盤走到左牧面前。托盤上放置著四個黑色盒子，看起來很普通，也沒有上鎖，很像是首飾盒。

左牧拿起一個打開來看，裡面放著的是一個電子手環。

看樣子這東西應該就是所謂的「入場券」。

「遊樂園開園時間我們會再另行通知，當天配戴這個手環即可入場。」男人邊說邊微微睜開那雙小眼睛，語氣冷冽地說：「請各位一定要記得，這個手環是相當重要的物品，絕對不能忘記。」

「重要的物品嗎……」

左牧對這個「設定」並不陌生，看來這就是用來監視玩家的道具。

他把盒子拿走後，兔子男三人也跟著拿走各自的盒子。

男人再次行禮，並目送他們搭上負責載送玩家的轎車。

左牧慢慢看著那些人的身影消失在後照鏡，用手臂枕著臉頰，靜靜閉上眼。

那該死的陳熙全，等回去後他絕對要狠狠揍那男人一拳！

指南一：第二次的組隊遊戲

三天前，陳熙全如往常般帶著欠揍的笑容出現在他家，而且還是在早上六點半這種令人火大的時間點來訪，想當然爾，他並不受到左牧等人的歡迎。

為了不讓兔子男因為糟糕的起床氣而誤殺他們的金主，左牧獨自和陳熙全坐在客廳談話，而他的臉色也沒好到哪去，正因為沒睡飽、突然被叫醒而發火。

在聽見陳熙全說的話之後，左牧終於忍不住咬牙切齒地怒吼：「你說什麼？」

「我需要你去參加一場『遊戲』。」

熟悉的要求，讓左牧回想起初次接陳熙全委託的那天。

他很不耐煩地厲聲拒絕：「我不要。」

「不先聽聽是什麼內容嗎？搞不好你會有興趣。」

「用不著，因為我很確定這件事跟主辦單位有關。」左牧皺眉，甚至翹起二郎腿，煩躁地抖著，「你明知道那些傢伙現在很仇視我，只不過是礙於現況無法對我下手而已，為什麼還要我自投羅網？」

陳熙全聳肩，「我也是沒辦法，因為對方手裡有個很重要的人，我需要你把那個人完好無缺地帶回來。」

「哈……陳熙全，你知道自己現在說的話，跟之前委託我的工作一樣嗎？」

「不一樣，因為這次我百分之百確定那個人還活著。」

「那又怎樣？」左牧攤手道：「我可不想蹚這灘渾水，你去找別人。」

左牧很清楚，陳熙全需要的不是他，而是他身旁的兩隻「困獸」。兔子男和黑兔的實力，陳熙全比誰都清楚，但想要讓這兩人出手可沒那麼容易，所以絕對要把他拖下水才行。

從陳熙全臉上的表情來看，大概是不打算放過他。

縱使左牧很清楚，但他就是不想輕易接受陳熙全的委託。

「對方指定要你過去，所以我不能找其他人代替你。」

「他們是想殺我所以才把那個人抓走的？」

「算是。」陳熙全十指交扣，歪頭笑道：「但你不用擔心，雖然你確實把他們的『遊戲』毀掉，可是那不過是他們眾多遊戲場地的其中一處而已，他們只對你的能力有興趣，所以不會輕易把你殺死。」

「你知道自己現在說的話，完全沒有任何安慰的效果嗎？」

「因為我本來就不打算安慰你。」

早在陳熙全來見他之前，左牧心裡早已有底。

明明陳熙全想要揭發主辦單位，但他在把裝滿證據的隨身碟弄到手之後，並沒有馬上行動，而是像掌握著對方的把柄，繼續進出主辦單位所舉辦的那些「遊戲娛樂室」參與賭注。

他真的不知道陳熙全心裡在盤算些什麼，也不想知道。

已經搭上賊船的他沒有辦法逃離，如今他也只能在陳熙全的庇護下安靜生活，更不用說現在他的敵人除了主辦單位之外，還有「困獸」。

「困獸」——那是培養兔子男和黑兔的殺手組織，雖然並非自願，但他擁有這個組織裡的兩名殺手，而且還不是透過組織內正常管道得到的，所以自然而然被對方列為監視對象。

此刻的左牧就像是前面有懸崖，後面還有人拿火箭筒瞄準自己的感覺，既沒有退路，等待在前方的也是充滿荊棘的危險未來。

「哈啊……真該死。」

左牧很討厭被束縛，但礙於現實所逼，他不得不妥協。

「知道了，說明你的委託吧，陳熙全。」

「呵，我就知道你不會拒絕。」陳熙全邊說邊從外套口袋裡拿出一個隨身碟，輕輕放在桌上，「情報都在裡面，至於時間的話，三天後會有人來接你們過去。」

左牧拿起隨身碟，扔給站在旁邊的羅本。

羅本接住後就立刻插進筆記型電腦裡，就像個專業的祕書，直接將資料印出來。

交付完檔案的陳熙全起身，並用看好戲的口氣說道：「那麼，祝你順利。我相信你這次也會活著回來的。」

即便沒有人替他送行，陳熙全也無所謂。

反正他的目的已經達成。

在陳熙全離開後，羅本拿著印出來的資料走過來，並把它遞給左牧。

「還真有趣。」

左牧很難得看到羅本臉上露出笑容，覺得有點頭皮發麻。

他接過來翻閱文件上的內容後，也不由自主地笑了。

啊——原來如此，他可以理解為什麼羅本會突然笑出來，因為真的很好笑。

主辦單位主動邀請他們參與的遊戲，是個叫做「絕望樂園」的群島型遊樂園，場地跟之前的島差不多，不過主島周圍還有許多小島，每座小島的面積雖然不算大，騎機車的話大概半小時能繞完，但問題就在於這些小島上安排的東西絕對沒那麼單純。

這次的遊戲是由主辦單位個別邀請玩家參與，但參與者必須先進行一場資格認證的活動，只有順利通過的人才能取得門票進入樂園。

「跟之前還差真多，感覺是有刻意挑選玩家。」

羅本收起笑容，輕咳兩聲，回歸原本正常的表情，「從資料上面來看，它有點算是讓那些VIP客戶親身體驗的遊戲，也是唯一一個必須先組隊才能參加的遊戲。」

「組隊？」

「就像是之前讓玩家和罪犯組隊一樣，不過這次是有人數上限的，而且在進行遊戲時死亡後不能進行玩家補充。」

「嗯，我看到了。」左牧很快就從文件上看到羅本說的規則，摸著下巴認真讀完。

就像羅本說的，這個「遊樂園」是組隊參加，包含隊長在內，一組上限人數為五人，隊長人選在入園前就必須決定好，並且隊長會受到「免死金牌」的特殊規則保護，如果其他玩家殺死其他隊伍的隊長，將全員逐出樂園——也就是說會直接被主辦單位的人殺死。

若隊長是在遊玩過程中死亡則全隊會跟著死亡，也就是所謂的連鎖效應。

遊玩方式非常簡單，只要從各群島蒐集島主徽章就好，聽上去好像很輕鬆，但可以想像，想取得這些徽章絕非易事。

集滿島主徽章就可以取得主辦單位的「神祕禮物」，雖然不知道是什麼，不過直覺告訴左牧，肯定不是什麼好東西。

既然這是讓VIP客戶有參與感的遊戲，那麼主要目的應該是體驗而不是取得最後的禮物。從規則來看，組隊玩家必須將隊長的性命視為最優先保護的選項，真要說的話，其他人就像是那些VIP客戶的專屬保鑣之類的存在。

為了保命，玩家必須全力保護隊長，也不能隨便對其他組的隊長出手，反倒讓自己惹來殺身之禍。

讀完文件內容後的左牧，忍不住說出感想：「還真是令人討厭的規則。」

「我也這麼想。」羅本點頭認同，確實很讓人討厭。

「嗯……不過萬幸的是可以讓玩家自由選擇隊長。」

「話雖如此，但我們這邊似乎沒有選擇的餘地。」

「你說的沒錯。」

左牧皺緊眉頭，煩躁不已地搔頭，將文件放在桌上後起身走回臥室。

才剛打開門，立刻就被可憐兮兮的目光盯著看。

他看著戴著頸圈，被鐵鍊綁在床邊，沒辦法自由行動的兔子男，大嘆一口氣。

「別那麼哀怨，我是怕你又像上次那樣見到陳熙全就直接掏刀子出來砍人。」

兔子男淚眼汪汪，一臉委屈到不行的樣子，完全沒有殺手該有的氣魄。

負責監視他的黑兔盤腿坐在床上，被兔子男這個眼神搞到雞皮疙瘩掉滿地。

「媽的，你能不能別這麼噁。」

黑兔才剛說完，兔子男就立刻轉過頭來瞪著他。

兔子男抓住鐵鍊，力氣大到已經讓鐵鍊產生裂痕、喀噠作響，眼看就要被他徒手捏碎。

這不是開玩笑的，黑兔嚇得立刻跳下床躲到羅本身後去。

下一秒，鐵鍊在兔子男的手掌心裡完全碎裂，接著他就立刻撲向左牧，緊緊把人抱在懷裡，用臉頰磨蹭。

左牧無視他，轉頭對羅本和黑兔說：「玩家人數上限是五個，所以我們四個去剛剛好。

我想你們應該都能順利拿到門票的吧？」

「我倒是比較擔心你。」

「我？幹嘛擔心，是因為我看上去很弱？」

「事實上你就是我們四個裡最弱的那個。」

因為沒辦法反駁，左牧只能用帶著怒火的眼神表達自己的不滿。

跟這三個人相比他當然是最弱的，開什麼玩笑？他可是個百分之百的普通人，哪能跟這些怪物般的傢伙放在一起比較！

「話說回來，文件裡只有遊戲資料，沒有保護目標的任何情報。」

「陳熙全那傢伙又不知道在搞什麼神祕。」左牧聳肩，「不過既然主辦單位抓了那傢伙，逼我們組隊過去，就表示他們已經早就安排好讓我們跟那傢伙一組，所以就算不知道對方是誰也沒差，到時候再搞清楚就好。」

「……這樣真的沒問題嗎？」

「反正陳熙全只要我們把人活蹦亂跳地帶回來，其他事想也沒用。」

左牧並不想知道太詳細，也不想知道對方究竟是為什麼被主辦單位抓走。

如果不是很重要的人，陳熙全也不會強逼他們接受主辦單位的邀請，也就是說——被抓走的目標人物有很高的價值。

不過，這跟他沒關係。

他只是接受委託，執行工作而已，其他事並不在他的責任範圍之內。

「你們幾個準備好，我們三天後要去遊樂園玩了，是不是很期待？」

左牧雙手收在後腦杓上，笑著對三人說。

兔子男像是長了尾巴，看起來非常興奮，對他來說只要能跟左牧待在一起，去哪他都無所謂。

羅本雖然有些不耐煩，但是並沒有反對，至於最後才加入他們的黑兔，則是露出一臉想宅在家的懶散表情。

「欸——一定得去？」黑兔很不想蹚這灘渾水，說到底他也只算是個寄住的，但左牧卻很自然地把他算在內。

羅本拍拍黑兔的腦袋，「反正你沒事做，就當去郊遊就好。」

「普通的郊遊可沒有要人賭上性命！」

「郊遊也是會遇到熊或者懸崖啊，搞不好有人會把你從山上踹下去之類的。」

「對對對，就算是普通的郊遊也很危險。」左牧很不怕死地附和羅本說的話。

這兩個人一搭一唱的模樣真的很讓黑兔不爽，但老實說，他也不放心只讓這些傢伙去，兔子男就算了，他很擔心羅本的安危。

自從住在這裡，他受到羅本不少照顧，跟羅本的關係也比較親近。

黑兔不滿地扁著嘴，最後終於妥協。

於是三天後，他們被主辦單位派來的車接走，接著就直接進行了取得入場門票的小遊戲——當然，最後的結果是他們四個人都順利拿到門票，可這也只是踏入主辦單位設計好的陷阱的第一步而已。

左牧感覺得出來自己就像是被陷阱包圍的獵物，但他只能繼續下去。

取得門票後的四人被帶到碼頭，進入最大艘的飯店型郵輪，這艘郵輪漂亮到讓人像是來到度假村一樣，裝潢美到讓人驚嘆，而且完全沒有一絲危險的氣氛。

他們被分配到四人房，房間坪數很大，不但能放置四張雙人床，甚至還有小陽台跟簡易式廚房。

羅本第一時間就是先打開冰箱確認食材，黑兔則是調皮地在床上跳來跳去、測試床鋪的柔軟度。

左牧和兔子男來到陽台，從十樓處欣賞外面的風景。

只有海，除此之外什麼也沒有，不過就這樣看著海洋心情也挺不錯的。

「冰箱有不少食材，看來這段時間我們應該只能在房間內活動。」

羅本站在陽台窗口處對左牧說。

左牧早料到會是這樣，便聳肩道：「那我們就享受一下吧，剛剛看到浴室好像有按摩浴缸，還能泡溫泉的樣子。」

「是啊……我也有看到。」

羅本皺眉，因為他覺得左牧也太過放鬆，甚至也沒有很在乎委託，與其說他們是被強迫邀請來參與遊戲，倒不如說是被帶來度假的。

他抱持著好奇心問道：「我們到現在還沒看見那個被抓走的目標，沒問題嗎？」

「我想應該沒什麼問題。」左牧聳肩，「從陳熙全的態度可以確定，目標絕對沒有安全上的疑慮，也就是說他只是被挾持而已，並沒有生命危險，主辦單位也沒打算殺掉他。」

「……萬一主辦單位只是想利用他把你拐過來，目的達成後就可以隨便把那個人殺掉怎麼辦？」

「不，主辦單位的目的是想讓我『玩遊戲』。」左牧自己說完後都忍不住冷笑，因為他也覺得這個結論很扯，但依照主辦單位的想法，他的預感絕對沒錯。

縱然有陳熙全的保護，可是主辦單位仍舊有很多方式可以除掉他，而且竟然會想到用邀請的方式而不是綁架他們，就表示他們很想讓他再次參與遊戲。

左牧可以想出幾種可能性，不過這些可能性全都會讓他心情糟糕到極點。

「你應該還記得主辦單位辦這種殺戮遊戲的主要原因吧？」

「……不就是想看我們這些人互相殘殺嗎。」羅本不懂左牧幹嘛突然提這件事，但在回答完他的問題後，羅本突然明白了他的意思。

原來如此，主辦單位的目的是「過程」，他們需要利用這些娛樂來滿足那些參與賭注的會員們的變態心理，而成功帶著玩家、罪犯們逃離那座島的左牧，絕對會是最大看點，同時也會讓那些會員們更願意砸錢賭注。

一方面能夠提高會員們的興致，一方面也能利用「遊戲」將左牧殺掉，以莊家身分回收那些高額賭注來彌補左牧之前造成的損失，並挽回他們的名譽——

「哈！那些傢伙想得可真仔細。」

「所以我們只要享受就好。」左牧慵懶地用手指勾弄著胸前的長項鍊，不太在意地聳肩，「反正我沒那麼容易被殺死，你放一百萬個心好了。」

這點羅本認同，畢竟左牧還有最強的手牌在，但他很確定，主辦單位那邊肯定也已經做好相對應的準備。

不知道左牧除了兔子男之外，是不是還有其他保命用的備用計畫。

就在他們三人待在陽台閒聊的時候，房間裡突然傳來黑兔的驚呼聲。

三個人聞聲湊過去，發現黑兔不知道為什麼蹲在床尾的長椅收納櫃前，不停眨眼盯著裡面看。

「怎麼了？」

「呃……你們看了就懂。」

黑兔一臉尷尬，這讓羅本跟左牧非常好奇。

兩人互看一眼之後走過去，這才發現收納櫃裡居然有個被五花大綁的男人。

他們壓根不認識這個男人，對他的臉完全沒印象，但從他被綁住又被迷昏後藏在這裡的結果來看，大概可以猜得出這個人的身分。

「這傢伙該不會……」

聽到羅本無奈的苦笑聲，左牧也跟著搖頭嘆氣，點頭認同，「就是你想的那樣。」

看樣子這個男人就是被主辦單位強行綁來的那個人，也就是陳熙全要他們平安帶回去的「目標」。

他怎麼樣也沒想到，主辦單位居然會做這種安排，要不是因為黑兔調皮到處亂翻，可能就要等他自己醒過來，他們才會發現這個男人的存在。

「主辦單位還挺有創意的？」羅本盡全力稱讚，但臉上表情卻透露出煩躁感。

左牧向兔子男勾勾手指，示意他把人拉出來放在床上。

兔子男雖然很不想碰左牧以外的人，可是他更不願意反抗左牧下達的指令，於是只好忍著厭惡感把人扔在床上。

「幫他鬆綁。」

兔子男點點頭，拿出短刀割開繩子。

見到刀子的左牧嚇了一跳，接著無奈地搖頭嘆氣。

明明主辦單位禁止玩家攜帶武器，但兔子男卻總是有辦法掏出刀子來，萬一被發現的話不知道會造成什麼結果。

不過，兔子男有那本事瞞過郵輪上的工作人員，就應該不可能輕易被抓到，而且更令他在意的是，見到兔子男拿出短刀的黑兔和羅本並沒有像他那樣驚訝，反倒像是早就知道一樣。

他忍不住猜想，這兩個人該不會也……

兔子男在完成左牧的命令後，便把短刀收起，笑嘻嘻地望著左牧，像是等待他稱讚自己。

頭痛到不行的左牧拍拍兔子男的腦袋，給予稱讚後，湊過去檢查男人的情況，雖然不知道主辦單位用的是什麼樣的迷藥，但藥效很不錯，讓這個人看起來跟死了沒什麼不同。

現在看來也只能等他自己醒來，或者是用刺激性的方式逼他清醒。

當然，後者只是隨便想想的，他不可能真的這麼做。

「這傢伙該不會就是我們的隊長？感覺好像隨便一揍就會死。」

左牧十分認同羅本的看法，很不幸的是，他沒猜錯。

「主辦單位特意安排給我們的話，我們也拒絕不了。」

「想到我得保護這種傢伙就真的很想……乾脆讓我直接打死他比較省事。」

「不保護也不行，現在我們是一根繩上的螞蚱，他死我們也會死。」

「你還真樂觀。」

「……總而言之，我們先等他醒過來，剩下的之後再討論。」

「好，你說得算。」羅本兩手一攤，走向廚房，「我去做點什麼來吃，心情不好就是會讓人覺得肚子餓。」

「我要咖哩。」

「我要麻婆豆腐！」

左牧點完餐之後，黑兔跟著高舉起手點餐。

羅本瞇起眼瞪著兩人，默默穿上圍裙，理都不理。

這些人真的很沒有危機意識，看來緊張到肚子餓的人只有他。

／

主辦單位不知道下的是什麼樣的迷藥，結果四個人一直等到傍晚，男人都沒醒來，甚至連眼皮都沒抖過幾次。

要不是他的胸膛還在上下起伏，有明顯的呼吸，左牧早把他當成屍體了。

「這樣等下去不是辦法，還是直接把他叫醒吧。」

最先等得不耐煩的羅本，從廚房裡拿來了菜刀，意圖非常明顯。

左牧側躺在沙發上看著羅本煩躁的模樣，慵懶地打了個哈欠。

剛才不該吃那麼多的，肚子飽了就開始想睡。

兔子男趴在沙發邊直勾勾看著左牧，完全不想管那個男人的死活，至於黑兔則是很開心地看綜藝節目，抱著肚子哈哈大笑。

羅本再次確定，他真的是這群傢伙裡唯一一個正常人。

「左牧，你能不能給點反應？」

「我有啊，剛才不是打哈欠了？」

「至少得在去遊樂園之前先知道一些情報吧，陳熙全給的資料並不是很多。」

「他上次給我的資訊也是少得可憐，不過我想他也沒必要隱瞞那麼多，大概是主辦單位那邊給的就只有這點情報。」

「……好吧，你覺得沒問題就好。」

羅本將刀放回去，不再多說一句。

反正做決定的人是左牧，如果他判斷不需要讓這男的先醒過來的話，就這樣做吧。

他轉頭盯著房門口，皺緊眉頭。

「天曉得我們會被關在這裡幾天，這艘郵輪傍晚前就出航了，但前進速度卻很緩慢，感覺就像是在拖時間。」

當郵輪啟航的時候，他們就確定玩家已經全部到齊，只不過他們卻被關在房間裡，完全無法知道外面的情況，除了能從陽台外觀察水流來確定郵輪速度之外，沒有任何情報。

通常來說，房間內的電視機可以顯示郵輪的一切資訊，包括出航目的、時間、甚至是航行速度以及船頭風景之類都可以看得見，但是不管轉哪台都沒能找到。

可以確定的是，主辦單位拔除了這個系統，想讓玩家在什麼都不知道的情況下被帶走。

進入公海後，周圍是一片汪洋大海，在沒有方向以及總是同樣的風景的情況下，人會自然而然迷失方向感。

當左牧發現電視機上沒有任何航行資訊的時候，他就確定了主辦單位的意圖。

至於不擔心的理由也很簡單，因為他可以大概猜得出來主辦單位的下一步是什麼。

「比起叫那個人起來，你們倒不如吃飽點。」

左牧說著像是預知的話，反倒讓三人一臉好奇。

黑兔和羅本互看彼此，確定雙方都沒聽懂左牧的意思。

「吃飽點是幹嘛？聽上去好像要我們做什麼準備似的……」

左牧轉頭看著羅本，指著他的鼻子說：「就是讓你們準備好啊，大概待會可能沒時間讓你吃東西了。」

「你這樣說反而會讓人不安。」

「我沒唬爛。」左牧聳肩，「反正待會你就知道了，我覺得十之八九跟我猜得差不多。」

「如果說你已經知道主辦單位的意圖，好歹跟我們提醒一下吧？」

「所以我不是要你們去吃飽嗎？」

「哈……行了，我再去做一輪飯就是。」

「我要吃豆腐煲。」

「我要千層蛋糕！」

「臭黑兔，我哪來的時間做那種東西！」

轉眼間，羅本又回頭繼續和黑兔拌嘴，兩人吵吵鬧鬧的，讓整個房間都熱鬧起來，不過兔子男卻仍然不為所動地盯著左牧，也不知道他究竟有沒有明白他們剛才在聊什麼。

左牧冷汗直冒，直勾勾看著那雙能夠倒映出他面孔的眼珠子。

「你又想幹嘛？」

他總覺得兔子男在蠢蠢欲動，雖然不知道他想做什麼，但百分之百不會是什麼好事。

兔子男笑得很開心，從口袋裡拿出手機，熟練地打完字後給左牧看。

『想看看外面的情況嗎？』

左牧頓了半拍，額頭上的汗水冒得更多了。

他大概可以猜出兔子男腦袋瓜裡在盤算些什麼。

「不了，沒這個必——嗚咿！」

左牧話都還沒說完，就被兔子男抱住大腿，整個人往上抬高。

因為太過突然，左牧不但差點咬到舌頭，還發出奇怪的驚呼聲，當他看到兔子男頭也不回地走向陽台，直接踏上扶手的瞬間，臉都綠了。

他回頭想要向羅本和黑兔求救，不過這兩人卻很有默契地揮手向他道別。

「你們真不夠義氣！」左牧剛罵完，兔子男就突然鬆開手，突然失去安全感的左牧只能緊緊環住他的脖子，如果鬆開的話自己就會掉進大海。

明明他掛在兔子男身上，但兔子男卻完全感受不到重量似的，輕鬆俐落地沿著陽台攀爬到郵輪最上層的平台。

當左牧雙腳終於平安落地的瞬間，他直接腿軟跪在地上，動彈不得，雙手甚至還在顫抖。

「兔子，你這傢伙……」

兔子男露出天真燦爛的笑容，沒有防毒面具遮擋的臉，看起來不但沒有殺傷力，反而還有點可愛。

即便如此，左牧還是一點都笑不出來。

他都說了不需要，結果兔子男還是不願意放過他。

因為剛才的經歷而心跳飛快的左牧，都還來不及讓自己冷靜下來，就聽見甲板傳來人群的腳步聲。

左牧迅速躲在躺椅椅背後方，兔子男也跟著躲進旁邊攤販的柱子後面。

上甲板的那群人全都是郵輪的服務生，並且忙碌地在甲板上布置著。

十幾分鐘過去後，服務生全部撤離，左牧和兔子男才終於能夠安心現身。

那些人布置的地點很奇怪，居然會選擇放在把水抽掉的泳池裡，這個泳池大概有甲板的三分之一空間，裡面還很潮溼，看上去似乎是刻意沒有把水抽得很乾淨，還留有腳踝以下的水量。

泳池裡擺著長桌，桌上放有許多看上去很像是電動遙控器的黑色物品，小心翼翼地裝在透明小塑膠盒內。正當左牧想要下去看看的時候，卻突然被兔子男從身後拉住手臂。

他困惑地轉過頭，卻見到兔子男臉色凝重地搖頭。

『有電。』

兔子男的手機裡簡單寫了這兩個字，這才讓左牧恍然大悟。

怪不得泳池的水沒有抽乾淨，原來是這樣子。

這樣想想確實很奇怪，因為擺在裡面的桌子不是木製，而是能導電的鐵桌。

水裡有沒有通電，光用肉眼看不出來，兔子男到底是怎麼知道的？

兔子男見到左牧臉上寫滿疑問，便低頭打字，解釋給他聽。

『泳池旁邊有裝繼電器。』

繼電器是用來控制電流的，但那東西並不大，而且可以被任何物體遮擋，兔子男居然能夠發現到它的存在，實在讓人驚訝。

這個男人的野性直覺果真強到讓人不由自主地起雞皮疙瘩。

「你怎麼知……算了，我覺得問也是多餘的。」

左牧搖搖頭，拒絕再去思考這個問題。

總而言之現在最麻煩的，是泳池內有通電這件事，很顯然主辦單位正在這艘郵輪上安排著某種遊戲。

看這樣子，十之八九跟他猜測的方向差不多。

「如果能知道航行資訊就好了。」

左牧雖然很想掌握更多情報，只可惜事與願違，因為船上的廣播突然被打開，並傳出沙沙聲響。

就像是有人拿著塑膠袋放在麥克風前搓揉，這聲音讓人非常煩躁，而在持續幾秒鐘之後，廣播傳來女生的聲音。

『歡迎大家乘坐前往樂園的專屬郵輪，現在遊戲即將開始，各位玩家可以自由進出船艙。』

這是ＡＩ系統的聲音，並不是從人的喉嚨裡發出來的說話聲。

不過重點並不是誰在說話，而是廣播的內容。

看這樣子，所有玩家都已經得到允許能夠離開各自的房間，但是讓左牧好奇的是所謂的「遊戲即將開始」這件事。

看來並不是等郵輪到達目的地才開始遊戲，而是在前往的過程中，遊戲就已經開始。

『遊戲總共有九十分鐘的時間，請各位玩家在時限內搭上逃生艇離開，逃生艇上都備有樂園的座標位置，逃生艇啟動後將會自動前往，不須操作。』

『九十分鐘後沒有搭上逃生艇離開的玩家，將會接受懲罰，請各位隊長不用擔心，懲罰只會針對玩家們，九十分鐘後郵輪上的服務生將會帶各位返回陸地。』

『在這段時間內，隊長可自由更換隊員，但隊員須為玩家身分，並更換隊員的前提為雙方隊長達成共識，若有爭執或是強迫行為，服務生會出面。』

廣播內容將所有注意事項都說得很曖昧不清，並沒有表達得很清楚，這讓人隱約覺得這局遊戲背後肯定有詐。

不過，既然是讓那些成為隊長的會員們有親身經歷的感受，這點程度上的規則還是滿不錯的，只是這些規定全都是對「隊長」有利，他們這些玩家根本就只是隨時能夠拋棄的棋子，完全不被重視。

這次的遊戲，真的和之前有很大的落差，但唯一相同的是，他仍然隨時會有生命危險，一個不小心掛掉都不奇怪。

「主辦單位沒有明確說明逃生艇乘載人數，這樣看來，逃生艇的數量和郵輪上的隊伍數量肯定不同，不過我們現在沒辦法確定數量，掌握的情報也有限……總而言之，先爬上甲板的決定對我們確實有利。」

這就是所謂的歪打正著，天曉得兔子男任性的行為，反而會讓他們取得優勢。

左牧盯著鐵桌上的遙控器，勾起嘴角，「想拿這東西，只有兩種方式。」

拿遙控器並不是什麼難事，方法多得很，逃生艇的位置也很明確，就掛在郵輪邊緣，數量雖然沒辦法確定，但應該跟遙控器的數量是相對的。

他邊考慮著接下來的行動，邊用手機傳訊息給羅本，讓他跟黑兔好好保護睡美人隊長，逃生艇的部分就由他跟兔子男負責就足夠了。

不知道主辦單位是不是本來就打算讓玩家分開行動的關係，並沒有禁止他們攜帶手機上郵輪，也多虧這點才能方便和兔子男溝通。

想到這，左牧忍不住回頭盯著兔子男看。

兔子男見左牧皺著眉頭看著自己，面無表情地歪頭，表現出困惑的樣子，接著用食指將左牧眉心間的皺紋輕輕推開。

左牧皺起的眉頭比他想得還要頑固，兔子男一方面怕弄痛左牧，所以不敢太用力，一方面卻又因為推不開皺紋而有些沮喪。

這完全沒有危機意識的兔子男，讓左牧無言以對。

仔細想想，黑兔和羅本當初都有對這次的委託感到不滿，但兔子男卻什麼也沒講，真的只要他去哪裡就跟到哪，連點抱怨都沒有。

這就是困獸訓練出來的專業殺手嗎？但相較之下，黑兔和兔子男之間卻又有很大的不同，讓他有種兔子男是困獸中的異類的感覺。

「好了別推了。」左牧抓住兔子男的食指，悶悶不樂地說：「先搞正事，總而言之盡量避開其他玩家，我感覺這艘郵輪上應該還有什麼問題。」

左牧剛說完沒多久，就聽見甲板上的大門傳來「碰」的一聲巨響。

兔子男立刻將左牧護在身後，看著玩家們跑上甲板到處搜索，看來大部分的人想法和他們差不多，並不是隊伍所有人一同行動，而是分開搜索。

確實這樣效率很高，不過沒有目標的話就只是一群無頭蒼蠅而已，沒有意義。

由於剛才廣播已經說得很清楚，必須「搭上救生艇離開」，大概這些人是先找到救生艇之後發現需要啟動用的遙控器之類的才會跑到甲板上來找。

搶奪救生艇不是什麼難事，取得遙控器才是重點。

「總而言之我們運氣不錯，先拿遙控器，之後再說。」

他們的優勢就是先知道遙控器的位置，看著那些靠過來的玩家，左牧知道他們動作得快點。

兔子男眨眨眼看著左牧，將他說出口的話當成了「命令」，突然轉身走向泳池。

「等等，兔子，你想幹什——喂！」

兔子男眼睜睜從眼前跳下去，把左牧嚇得不輕。

就在他擔心兔子男會觸電之類的時候，兔子男卻一派輕鬆地來到鐵桌前，取出其中一把遙控器之後走回來。

左牧當場傻眼，急急忙忙抓住他的肩膀追問：「你、你沒事吧！」

兔子男將遙控器交給左牧，輕輕搖頭。

他把手機拿出來，打字跟左牧說：『我不怕。』

「你……說什麼不怕……」

左牧有些困惑，當他以為兔子男指的是電流量並不大的問題時，正好有玩家看到兔子男的行動後而跟著跳到泳池裡，沒想到立刻就傳來慘叫聲，整個人被電到麻痺後倒在裡面，沒有反應。

看見這一幕，左牧更加迷茫了。

「你可別跟我說什麼你的皮膚其實是橡膠做的之類的。」

兔子男想了想之後，用文字解釋：『電流並沒有一直開啟，關閉後會有一分鐘左右的斷電時間。』

坦白說，這個解釋聽上去有那麼一點牽強，但兔子男看上去不像是在說謊。

左牧雖然有些懷疑，卻還是選擇相信兔子男的解釋。

他雙手環胸，挑眉問：「你什麼時候觀察到這麼多？」

『在左牧先生想事情的時候。』

「哈啊……好吧。」左牧扶著額頭，兔子男的洞察力果然很可怕，他連什麼斷電時間跟水裡有電這些事都沒注意到，結果這次的問題反倒是在兔子男的協助下順利解決。

兔子男繼續努力打字，這次他打了很多，似乎是想要說服左牧，但打到一半卻被左牧用手掌心蓋住。

「別浪費時間解釋這麼多，我沒有理由懷疑你，總之，先離開這裡再說。」

左牧盯著那些看到有人觸電倒地後，就開始將目標轉向他跟兔子男的其他玩家們，皺緊眉頭。

因為害怕觸電而沒辦法接近泳池，但兔子男卻輕鬆地將遙控器拿到手，這些玩家自然而然會認為兔子男有辦法，甚至開始對他們產生敵意。

於是現在有兩種麻煩，一是他們打算追問清楚取得方式，二是乾脆就直接從兔子男手裡搶過來。

先拿到遙控器是優勢沒錯，但也因此讓他跟兔子男成為其他玩家的目標。

「……我勸你們最好別動手。」

他大聲對著逼近他們的玩家說，殺人可不在他這次安排的行程當中，更何況這些人和之前遇到的那些罪犯不同，全都只是一般人，他並不想隨便對人出手。

可惜，他的好意並沒有被這些玩家接受。

當這些玩家衝過來的時候，兔子男立刻轉身，目光銳利地瞪向對方，但是左牧卻拉住他的袖口，厲聲下令：「不要管那些人。」

左牧的命令對兔子男來說是絕對的，所以兔子男點頭後抱起左牧，直接從船邊往下跳。

玩家們先是嚇一跳，接著趕緊湊到船邊往下看，然而左牧和兔子男的身影卻已經消失無蹤。

「那傢伙該不會真的跳海了吧？」

「怎麼可能！肯定是逃到哪裡去，搞不好有他們的隊員在底下幫忙。」

「那怎麼辦？水裡有電，不可能靠近那張桌子……」

「既然那個人都有辦法拿到，那就表示肯定有什麼技巧。」

玩家們並沒有選擇追擊失去蹤影的左牧和兔子男，而是回頭研究如何取得遙控器，畢竟時間有限，與其去浪費時間找人，想辦法從通電的泳池裡拿遙控器還比較簡單。

玩家們再也不去在意左牧和兔子男的去向，反倒開始認真攻略這座泳池。

指南二：兩種玩家兩種規則

兔子男抱著左牧垂掛在其中一層房間的陽台外面，在確認其他玩家沒有再繼續注意他們後，才撐起身體，安穩地踏在陽台上面。

直到兩人進了房間，左牧才終於感覺到輕鬆一些。

房間裡沒有其他人，但有人待過的跡象，看樣子應該是聽見廣播後就離開了。

左牧盯著手裡的遙控器一眼之後，放進口袋裡，並迅速往船艙走廊走過去，兔子男也緊跟在旁，留意周圍的動靜。

很奇怪，真的有點奇怪。

遊戲已經開始，而且玩家也都能夠自由行動，但不知道為什麼這層樓完全聽不見其他人的動靜，就好像被完全清空似的。

左牧一邊對此感到困惑，一邊回想剛才的廣播。

果然怎麼聽都覺得這個所謂的「遊戲」，主要並不是造成恐慌或是爭奪，因為有時間限制加上爭奪遙控器的關係，讓人產生「逃生艇的數量有限」的錯覺，但事實上並非如此。

會如此慌張地開始進行遊戲的玩家，都是被言語玩弄而沒有仔細思考過的人。

由於一直被關在船艙房間裡，沒有任何的情報，更何況他們之前是彼此競爭、離開那座迷宮後才取得門票資格，所以會讓人產生心理的壓迫感。

說到底，如果真要用時間壓人，不會給他們足足九十分鐘的遊戲時間，可是甲板上的那群玩家，似乎都沒考慮到這個問題。

忽然間，兔子突然一個箭步上前擋在左牧前面，左牧反而被他嚇了一跳。

他皺眉盯著兔子看，默不作聲地跟著他的指示將身體貼向走廊牆壁，幾秒後他聽見左側走廊傳來沉重的步伐聲。

那個聲音聽起來很像是穿著靴子，因為兔子男很常穿所以左牧一下子就能聽出差異，從腳步聲數量來判斷，感覺應該有兩三個人左右，大概是同個隊伍的。

他雖然這樣猜想，但看見對方從走廊交叉處出現的瞬間，左牧立刻就知道自己大錯特錯。

這些人穿著黑白色迷彩服，手中握著手槍，甚至還穿著防彈背心，耳邊配戴通訊用耳機，明明是在室內，卻很詭異地戴著黑色太陽眼鏡。

他的第一個反應就是，這些人絕對不是「玩家」。

兔子男護著左牧慢慢後退，兩人慢慢退到離走廊口最近的房門前，這扇門一樣是打開的，所以很方便躲藏。

幸好他們和對方有段距離，沒那麼容易被發現——但才剛這樣想，那三個人就像是有雷達附體似的往他們躲藏的方向走過來。

這些人的腳步非常小心，就像是知道有人躲在這裡，這讓左牧半信半疑地抬起頭，盯著天花板的監視器看。

喀噠一聲，是舉槍的聲音。

左牧回過神才發現兔子男已經不知道什麼時候獨自衝出去，接著走廊傳來開槍聲和物體被撕裂的聲響。

兔子男壓低身軀，先行用肩膀撞進其中一個人的懷裡，對方並沒有意識到兔子男的速度會這麼快，根本沒時間反應，就已經被由下而上刺過來的短刀貫穿下顎。

血並沒有爆出太多，但這男人卻立刻失去呼吸心跳，倒在地上。

兔子男還沒來得及把短刀拔起來，另外兩名男子就已經立刻朝他開槍。

能夠短時間內連射的手槍，一發都沒能打中兔子男，反倒全都打進倒地的同伴身體裡。

兔子男以眨眼速度來到開槍的男人後腦杓，握緊拳頭，直接狠狠重擊對方的太陽穴位置，連同戴在耳邊的通訊器一起打碎。

只看見殘影的最後一名男子，趁這個機會舉槍瞄準兔子男的頭部，無視同伴的危險開槍。

兔子男側頭閃過子彈，接著抓住被他擊中太陽穴男子握著手槍的手，迅速提起後朝對方扣下扳機。

「碰。」

簡單的一聲槍響，男人的左側鏡片被子彈貫穿，倒地不起，從後腦杓流出的鮮血迅速染紅地毯。

兔子男將手槍奪過來之後，從背後抬起腳，狠狠踩在這個剛被他打到頭暈目眩的男人的膝蓋後方位置。

伴隨著骨頭斷裂的脆響以及男人扯開喉嚨痛苦大喊的聲音，兔子男將奪過來的手槍槍口緊緊貼在這個人的腦袋上，開槍射殺。

解決三個人，前後只花了一分多鐘的時間，而在聽見聲響後探出頭來的左牧，清清楚楚把兔子男的所有行動看在眼裡。

他垮下嘴角，無奈看著兔子男雀躍地跑回自己面前。

這傢伙的手上和臉頰都還沾著鮮血，但笑起來卻又那麼天真無邪，看起來一點危險也沒有。

不知道是不是錯覺，總覺得兔子男正在他眼前狂搖尾巴討稱讚。

「……那些傢伙是主辦單位的人吧。」

兔子男點點頭，看來他也不是隨隨便便攻擊人。

如果兔子男當著他的面對普通人出手的話，絕對會被左牧討厭——而他就是知道這點才乖乖聽話的，要不然他早就把甲板上的人全都扔進泳池裡了。

「大概是透過監視器知道我們的位置的……看樣子這層的人並不是完全離開，而是被這些人『處理』掉。」

左牧不太明白這個安排，是為了增加急迫感，所以才安排傭兵攻擊玩家？

看來主辦單位並不在乎玩家人數是多是少，反正只要不危害到隊長——也就是那些想體驗遊戲的會員們的性命，其他事根本無所謂。

不過這件事也讓左牧確定了一點。

「看來前往樂園的這些『隊長』們，早就在這之前已經組好自己的隊伍，那些順利通過迷宮拿到門票的玩家們，不過是這場遊戲的砲灰。」

這樣想的話，事情看上去就合理多了。

既然隊長是那些有錢人，想體驗遊戲又不想讓自己遭遇危險的話，肯定會事先雇好能夠保護自己的人做為隊伍成員。

簡單來說，這個遊戲表面上是想讓這些有錢人體驗一下，但實際上還是存在於娛樂那些有錢人的必要設定——也就是隨意地獵殺他人。

這樣的話，就表示玩家當中也有普通人為隊長組成的隊伍，恐怕那些人根本就不知道這場遊戲早就存在不公平，雖然不清楚那些普通玩家前往樂園的理由，但很顯然，這絕對不僅僅只是讓那些ＶＩＰ客戶親身體驗的輕鬆遊戲。

到頭來，這遊戲也和之前那座島沒有什麼差別，怪不得主辦單位會主動指定他們參與，除了可以想辦法在這場遊戲中順便解決掉他們幾個人之外，還能帶給欣賞這些殺人戲碼的會員們更強烈的娛樂感。

主辦單位根本不在乎他們是否會被揭發，也不在乎他毀掉他們精心設計的遊戲，那些傢伙想要的，就只是創造充滿死亡氣氛的實境秀而已。

「我們要避免和其他隊長接觸，盡快和羅本他們會合。」

左牧下達指示，兔子男立刻點頭，並將手裡的槍交給他。

俐落地拉開彈匣確認子彈數量，並從倒地傭兵的裝備裡翻出幾發彈匣後，兔子男也已經把沾滿鮮血的短刀拔起來回到他身邊。

左牧起身，像是要嘗試手槍性能一樣地開槍射擊天花板的監視器，接著轉頭對兔子男說：

「往下走大概還會遇到更多麻煩，盡量能迴避就迴避，我不想浪費太多時間在對付那些人身上。」

兔子男點點頭，看著左牧傳訊息給羅本。

救生艇的位置在五樓，郵輪的左右兩側都有，現在那裡聚集的玩家肯定不少，而且有很大機率是那些ＶＩＰ客戶們組成的隊伍。

他們體驗的是普通玩家的遊戲進行方式，而那些ＶＩＰ客戶們，肯定早就已經拿到遙控器了吧，所以對他們來說根本就不需要擔心任何事，和拿生命在賭的他們不同，那些人就只是來度假的。

左牧越想越不爽，可已經踏上賊船的他也沒轍。

一但想通後，很多事情就都變得清楚明朗。

陳熙全給的資料大概是給那些ＶＩＰ客戶們看的，但他們所體驗的卻是普通玩家的過程，這樣想想，真令人不爽。

就像是你辛苦打遊戲的時候，別人卻開外掛輕輕鬆鬆直接刷分上榜一樣。

他透過訊息和羅本說好會合位置後，就立刻和兔子男一起出發。

訊息會不會被主辦單位攔截這種事他一點也不擔心，因為他們使用的手機裡面都有安裝特殊的防火牆，能夠防止其他人入侵。

來到樓梯口的時候，左牧窺見他們的位置是在十五樓，也就是說他們還得繼續往下，而這也表示下面樓層肯定有更多敵人。

雖然左牧並不是刻意想要當個臭嘴王，但他實在沒料到，因為怕遇到人而選擇走逃生樓梯的他，竟然剛打開門就撞見敵人。

幸好兔子男反應比他快，一聽見他開門撞暈一個人之後，就立刻拉住他的衣領往後拉過去，對方似乎也被嚇一跳，回過神來的時候就已經看見兔子男黑著臉出現在眼前。

這次遇到的人，兔子男並沒有直接殺死，而是選擇將他們打暈。

左牧跨過這些人往下走，經過時他輕輕瞥了一眼這些人，並不是剛才那些傭兵，也不是那些ＶＩＰ客戶，看起來是普通玩家的樣子。

左牧有點好奇，兔子男怎麼能夠迅速分辨這些人的身分？難道是看服裝？

「真沒想到你會記得遵守我的命令。」

左牧不由得脫口而出，兔子男只是眨眨眼，歪頭對他露出笑容。

這種情況還能笑得出來，也就是說兔子男還很輕鬆自若，根本不擔心。

兩人繼續往下，但在來到十三樓的位置後他們就沒辦法再通過了，因為通往下方的樓梯扶手被電線綑綁著，很顯然是不想讓人使用樓梯。

這次不用兔子男提醒，左牧也能知道扶手肯定被通上電流，慶幸的是逃生樓梯的扶手並不是一體成形，每層樓的出口位置的扶手都是木製的，雖然看上去設計很奇怪，卻也多虧這點，沒有讓所有樓梯扶手都被通上電。

坦白說，這真的很像陷阱，但左牧現在也別無選擇。

他們離開逃生樓梯，前往十三樓的艙房走廊。

一來到這裡左牧就被嚇到了，因為這層樓到處都是鮮血和屍體，而且這些屍體都還是被人割喉，一刀俐落，除脖子上的傷口之外沒有其他外傷。

左牧立刻提高警覺，但兔子男似乎沒有太過擔心，表情十分輕鬆。

兔子男就像個危險探測器，如果他都不緊張，就表示這附近很安全，於是左牧很快就放鬆下來。

「找到樓梯後就繼續往下。」

兔子男點點頭，兩人沿著滿是鮮血的走廊往前。

十三樓的中間有個高級餐廳，它是呈現橢圓形甜甜圈空間，中央空出來的位置是個鏤空空間，能夠清楚看到七樓中央位置的噴水池。

這個中央空間的周圍都有強化玻璃保護，掛在十四樓地板下的巨大水晶吊燈閃爍著七彩光芒，有時還會配合著氣氛改變顏色。

如果是在一般情況下，這間餐廳就跟舞廳沒什麼不同，高級到讓人有種沒錢進不來的錯覺。左牧一輩子也不會踏入這種地方，再說，現在他根本沒心情參觀。

他的目標其實並不是進入餐廳，而是餐廳旁邊的樓梯，雖然電梯就在樓梯旁邊，但這種情況下選擇搭電梯根本就是愚蠢行為。

原本只是打算路過的左牧，在來到餐廳附近時看見門口有兩名黑衣保鑣看守，餐廳裡也傳出輕鬆好聽的音樂，以及偶爾大笑的聲音，可以確定的是裡面有人。

就像是無視這層樓曾經發生慘案的事實，餐廳裡面看起來氣氛很歡樂，和外面根本就是兩個不同的世界。

如果要去樓梯，肯定會經過那兩個保鑣眼前，讓左牧有些猶豫。

只是路過而不是進去餐廳，應該不會怎麼樣吧？

當然，這只是想想而已，現實並沒有想像中那樣美好。

他連頭髮都沒露出來，就已經被那兩個嚴肅的保鑣發現。

不過他覺得自己被發現的最大原因，是因為兔子男。

兔子男站在他身後，完全沒有要閃躲的意思，雖然很明顯沒把那兩個保鑣放在眼裡，但也沒有要躲起來的意思。

「是左牧先生嗎？」

對方一眼就認出他，甚至知道他的名字，這讓左牧冷汗直冒。

「……我只是想下樓而已，沒有其他意圖。」

他試圖讓對方明白自己壓根沒有反抗的意思，但這保鑣們卻突然很有禮貌地向他彎腰行禮，甚至讓出餐廳入口的路。

「肯恩先生請您過去一趟。」

他可不認識什麼叫做肯恩的，不過看這樣子，他沒有拒絕的權利。

兔子男意識到他不想要赴約，反握短刀的手稍稍加強握力，手背的青筋很清楚地浮現出來，只差沒有砍過去。

左牧知道自己的情緒會影響兔子男，立刻抓住他的手對保鑣們說：「知道了，我去。」

先不管對方找他有什麼目的，總而言之，絕對不能讓兔子男在這裡出手。

如果說這層樓的走廊變得如此血跡斑駁的原因，是那個叫做肯恩的男人的話，他們就絕對不可以輕舉妄動，天曉得這些人背後藏著什麼祕密武器。

保鑣們站在餐廳門口繼續守著，沒有要帶領他們入內的意思，左牧只能自己走進去，兔子男似乎發現什麼，臉色非常難看，就連左牧都可以感覺到他正在努力壓抑自己的殺意。

「……什麼也別做，聽見沒？」

左牧低聲提醒兔子男，也不知道他有沒有聽懂，臉色還是沒有好轉。

他嘆口氣，往餐廳的中央座位走過去。

在背對圓弧形玻璃窗的沙發區有三個人影，他們很放鬆地坐在那裡侃侃而談，從這個距離沒有辦法聽清楚他們在說什麼，但看起來心情很不錯，不時能聽見愉快的笑聲。

明明現在的情況根本沒有讓人放鬆的意思，但這幾個人很顯然充滿著來這裡度假的氣氛。

左牧繼續往前走兩步後，那三個人便注意到他。

那是兩男一女的組合，他們穿著的服裝很休閒，年齡也都看起來跟他差不多，左牧大概可以猜出來這三個人是屬於「玩家」，而且還是那些ＶＩＰ客戶。

「你就是左牧？」

坐在右側的男人率先向左牧搭話，左牧也只是靜靜地瞥了他一眼後，看向另外兩人。

「有話就快說，我的時間很寶貴的。」

「哇！脾氣還真臭。」坐在左邊位置的女生一聽到左牧的發言，立刻露出厭惡的表情，「我就不相信你猜不出我們想幹嘛。」

「誰知道你們這些有錢人腦子裡在想些什麼，光是花錢來這種地方找罪受就讓人難以理解。」

「哈哈哈！夠直白，我喜歡！」與另外兩人態度不同的是坐在正中央的男生，他抱著肚子哈哈大笑，完全就是來看戲的，跟另外兩個人傲慢的態度落差很大。

他笑到眼淚流下來，不忘虧一下自己的兩名同伴，「我就說了嘛，這傢伙才不會在乎我們是誰，而且以他現在的處境，根本就沒時間鳥我們。」

「閉嘴，你不是也很想見見本人嗎？別說得好像沒你的分一樣。」女生很不滿地反駁，接著兩個人就開始吵起來。

最先開口的那個男人越聽越覺得煩躁，抬腿踹狠狠了一下桌子，才終於讓那兩個人安靜下來。

「姓程的，你能不能別這麼粗暴？」

「還不是因為你們倆太吵。」

「先吵的人不是我啊，是紹子。」

「喂！告什麼狀啊你，明明就是你——」

見對方把錯推回給自己，這女生很生氣地跳起來，不過兩人的抱怨很快就被第二次踹桌子的巨響蓋過去。

這回，兩人都不敢再開口說什麼，但還是扁著嘴露出不滿的表情。

「你可以直接無視這兩個笨蛋。」男人起身走向左牧，左牧靜靜地看著他靠近自己，慢慢抬起頭。

剛才因為姿勢的關係所以左牧完全沒發現，原來這男人比他高半顆頭，從這個角度被他俯視的感覺格外讓人不舒服。

他輕推眼鏡，雙手環胸，沒有表現出示弱態度。

「找我有什麼事？」

「我知道你跟陳熙全的目的，也知道主辦單位想對你們做什麼。」男人抬手道：「怎麼樣？如果你願意的話，我可以提供幫助。」

看樣子這三個人肯定知道他之前在那座島上幹了些什麼，不過他真沒想到會從對方口裡聽見陳熙全的名字。

這次和上次不同，陳熙全並沒有告訴他這場遊戲裡有安排協助者，也就是說，這三個人是自願提供幫助的？

他該慶幸兔子男有乖乖聽他的話，沒有在對方靠近的時候做出什麼危險舉動，不過他仍可以感受到兔子男全身上下充滿低氣壓，感覺就像是在爆發邊緣的火山。

他覺得這樣的兔子男有點危險，然而另外那兩個留在座位上的玩家倒是一臉期待地盯著兔子男看，甚至可以感覺得到那兩個人眼裡閃閃發光。

比起他，這兩個人看起來對兔子男還比較有興趣，只可惜兔子男看起來就是想把所有人切碎一樣，完全就是「危險」兩個字的代名詞。

「我不知道你們是誰，也不打算合作。」左牧直接了當、毫不避諱地拒絕了對方，並攤手道：「再怎麼說看起來也是你們想藉由跟我合作來看好戲，更何況，你們提供幫助的理由肯定沒那麼簡單。」

他原本以為直接拒絕會讓對方不高興，沒想到這個男人只是輕輕地哼了一聲後，雙手扠腰。

「你果然和陳熙全說的一樣，戒心很重。我知道像這樣突然提出協助的要求會讓你警戒，但你可以不用擔心，我們三個人並不打算害你們。」

「哈！隨口說說誰都行，你真以為我會為了讓自己順利登島就點頭說好？」

「要是你這麼好說服，那我可就要懷疑自己的眼光。」男人皺眉道：「我看中你就是因為覺得你是個不錯的傢伙，所以……你活著比死掉有趣，如果主辦單位這麼輕易就把你殺掉的話，那就不好玩了。」

不好玩？這什麼意思？

左牧聽著男人奇怪的說法，接著又聽見沙發上另外兩個人的附和。

「哥，你看他的表情就是什麼也不知道的樣子，好歹也要把話說清楚點。」

「我是白髮小哥的粉，所以這傢伙是死是活我無所謂啦。」女生嘟起嘴碎念，「我真的很想看看失去主人的忠犬會變成甚麼樣的瘋狗。」

「妳的興趣真的有夠爛的，我倒是比較喜歡他黏著主人的乖巧模樣，那個順從的態度真的會讓人很想疼愛他。」另外那個年輕男生提出與女生相反的意見，不過看他真的很高興的模樣就知道，他是真的把兔子男當成明星崇拜。

看著這兩個人，左牧忍不住冷汗直冒。

他是不是又遇上什麼怪人了……

「抱歉，他們說得對，我是該先說明清楚。」男人搖頭嘆氣，似乎也對這兩個人的行為感到無奈。

「簡單來說我們是想提供幫助，我知道主辦單位要脅你們參加遊戲，坦白說，他們還把這件事當作賣點，所以ＶＩＰ玩家裡面有不少人是衝著你而來的。」

「那些傢伙是把我當成觀賞用的了是嗎？」

「與其說觀賞用，倒不如有點像是粉絲見面會那種感覺。」男人邊說邊指著身後兩個同伴說：「就像他們那樣。」

啊，他懂了。

原來這些ＶＩＰ玩家是來追星的。

有錢人果然很閒……腦子裡的洞一個比一個還大。

「那些人並非都是好意，但如果讓我們幫助你的話，至少不會過得太艱辛。」男人垂眼盯著左牧，看得出他這句話是發自內心的善意，「在樂園裡，你最好要有同為玩家的伙伴，否則你這次不可能活著離開。」

「……哈。」左牧輕笑一聲，「這算是威脅？」

「不，是提醒。」男人聳肩，「要不是覺得你死了太可惜，我們也不會參加，如果你覺得我說的話很奇怪的話，那我可以再告訴你一件事——主辦單位提供給你的資料是不是寫說，這個樂園本來就是提供給ＶＩＰ會員們的實境遊戲？」

「嗯，我拿到的資料是這樣沒錯。」

「那你有沒有懷疑過，為什麼這裡也會有普通玩家？」

「不就是分成兩種身分的玩家而已嗎？一個是來消遣的，一個則是來拚命的。」

「是這樣分沒錯，但在今天之前，主辦單位並沒有開放ＶＩＰ會員參與樂園遊戲。」

「……什麼？」出乎意料之外的情報，給了左牧相當大的震撼。

陳熙全不可能不知道這件事，但那混帳什麼也沒講！甚至還把整個狀況營造成本來就是這樣設定的樣子——

「媽的，陳熙全那死大叔……」

「聽你罵髒話的感覺真新鮮。」男人笑了笑之後接著說：「看樣子你本來就有在懷疑，要不然不會這麼容易就接受我的說詞。」

「本來我就覺得哪裡怪怪的，因為主辦單位看上去不像是會浪費時間做這種遊戲設定的傢伙，更何況我也不覺得你們這些只喜歡躲在螢幕後面的有錢人，會想說要來親身體驗。」

照原本他所知道的情報來看，確實有很多不合理或難以理解的部分，但如果這個男人說的是真的，那麼解釋起來就合理許多。

也就是說，主辦單位挪用了其中一個稱為「樂園」的遊戲區，策劃了這次的行動，把他們四個人拐過來？

可想而知，主辦單位的心裡在打什麼算盤。

「所以主辦單位做了什麼，讓你們這些ＶＩＰ願意參與遊戲？」

「你知道自己從Ｅ３區逃出來之後有多紅嗎？」

「Ｅ３區？是之前那座島的名字？」

「嗯，沒錯。那裡可是超高難度的遊戲區，雖然說樂園比它簡單一點，但重點是這次參與遊戲的玩家們，可不像之前那樣能夠輕易拉攏成為同伴。」

「……意思是你們這些參與遊戲的玩家，大多數是衝著我來的吧。」

「呵，你的反應果然很快。」男人笑瞇雙眸，此刻的他看上去就像隻狡猾的狐狸，「是的，你讓那些傢伙賠了不少錢，不過並不是所有人都是因為你害他們賭輸的關係才參與遊戲。」

這次參與樂園遊樂區的ＶＩＰ玩家，都是衝著左牧而來，他們的目的雖然有些不同，但都很單純。

有的想要殺死連主辦單位都沒能殺掉的人，有的想要測試左牧是不是真那麼聰明、強大，有的人則是抱持著玩樂的心態想來跟左牧「玩遊戲」。

各種千奇百怪的理由都有，而這些人的共同的目標，都是左牧。

左牧現在可以理解自己在那些ＶＩＰ玩家當中有多麼炙手可熱，雖說現在得到的情報基本已經推翻他之前所知道的事，但卻是最可信的事實。

「那麼你們三個為什麼想幫我？」

「他們是因為想追星，我的話是因為覺得讓你死掉很可惜。」男人皺緊眉頭，突然變得十分嚴肅，並把嘴湊到左牧耳邊，輕聲低語：「而且你還是受到『困獸』關注的男人。」

一聽到「困獸」兩個字，左牧的瞳孔稍稍變大。

男人很快就向後退開，沒有要繼續針對這件事和他說下去，而是朝左牧伸出手，表達自己的善意與確立彼此的合作關係。

左牧雖然百般不願，可是──

他伸出手和對方相握，而這個舉動也表明雙方將在這場遊戲中成為同伴。

「那麼就請多多指教，左牧先生。順帶一提，我叫做程睿翰，那兩個人分別是管紹跟魏也杰，我們年紀和你差不多所以隨意點稱呼，不用顧慮。」

「小牧你就叫我阿杰吧！這傢伙的話，直接叫她紹子就行！」

那吵吵鬧鬧的男人大聲和左牧搭話，他的態度不禁讓左牧想起某個姓黃的笨蛋，不過和那超級崇拜他的男人不同，這人根本一點都不想理他。

要不是他是兔子男的「飼主」，恐怕他也不會這麼親密地喊他小牧吧。

「哇！你看你看，我只是喊小牧而已，小兔子的臉色就變得超級可怕的啦！」

「呃，真的！我看他是真的想殺了你。」

魏也杰和管紹又在那邊觀察兔子男，左牧側眼盯著兔子男可怕的表情，輕嘆口氣，看來得讓兔子男跟這兩個人保持距離才行，否則以他們那副欠揍的樣子，遲早會成為兔子男的刀下亡魂。

「那麼，視為我們合作的證明，我會幫你準備一艘救生艇。」

「不了……只要讓我順順利利到達放救生艇的五樓就行。」

「我已經派人去把你的同伴跟隊長帶過去，所以你不用那麼麻煩，而且五樓的救生艇真正能開的只有三艘，其他都是無法啟動的報廢品。」

「……哈，主辦單位還做得真絕。」

「畢竟遊戲已經開始了，對普通玩家來說，這裡可是隨時會死亡的危險世界，但對我們這些ＶＩＰ玩家來說，不過就是來度假而已。等到了樂園，對左牧先生來說才是真正危險的開始。」

「我倒是希望你能現在就把我送回去。」

「這樣做太明顯了，即便是我們也沒那個膽和主辦單位反抗。」程睿翰笑著說道：「只有陳熙全那瘋子才有明目張膽和主辦單位對幹的膽量。」

聽程睿翰這樣說，更讓左牧懷疑陳熙全究竟擁有什麼樣的權勢，即便他選擇背叛主辦單位也能活得這麼輕鬆自在，甚至能夠在回到正常生活後保護他們這麼多人不受到主辦單位的追殺。

他知道陳熙全有著黑白兩道的勢力，只是不敢確定他實際的實力到底有多可怕，雖然對陳熙全有很多不滿，可是，如今能保護他的也只有這個男人。

「話說回來，這層樓是你們清空的吧？」

「是的。」程睿翰想也沒想，一秒回答，就像是早猜到左牧會問似的。

看樣子這些傢伙雖然說是來跟他合作的，但實際上的作為卻還是和其他ＶＩＰ玩家沒有什麼不同。

他們也是來享受血腥世界的變態有錢人。

「沒事的話，我要去跟同伴會合了。」

「當然沒問題，我會派人帶你去救生艇那邊。我想你的同伴應該已經在那裡等了。」

左牧雖然不覺得羅本會聽信這傢伙派去的人說的話，乖乖跟著他們走，但照程睿翰的意思來看，大概是用了讓羅本沒辦法拒絕的辦法。

心裡有些擔心的左牧，立刻掉頭走人，始終保持沉默的兔子男也立刻跟過去。

但兔子男在轉身的瞬間，卻聽見了程睿翰用熟悉的名字稱呼他，因為許久沒聽見，所以兔子男驚訝而下意識轉頭盯著程睿翰看。

程睿翰笑著，那瞇起的雙眼微微撐開，注視兔子男的視線就像是刀刃般銳利。

兔子男愣了半秒，皺緊眉頭，眼神變得十分凶惡，但他沒有開口也沒有多做停留，二話不說就選擇追隨在左牧身後離開餐廳。

兔子男的反應完全在程睿翰的預料之中，而他也對這個結果十分滿意。

程睿翰回到沙發坐下，拿起酒杯輕飲，看起來心情極好。

魏也杰跟管紹對看一眼，他們很少見到程睿翰笑得這麼開心，不過同時也對兔子男剛才做出的反應有些好奇。

「程哥，你剛才跟那傢伙說了什麼？他看起來真的很想殺了你耶。」

「我只是跟他打聲招呼而已。」

看樣子程睿翰並不打算解釋給他們聽，魏也杰跟管紹只好摸摸鼻子，選擇沉默，畢竟他們很清楚其實程睿翰真正的目標是兔子男，而不是左牧。

只不過，程睿翰想要的東西和他們完全不同，他們是來追星的沒錯，但程睿翰想要的卻是兔子男本人。

更正確地來說，他想要的是兔子男的實力。

剛才程睿翰對左牧說的那些話，裡面沒有半句謊言，這次來到樂園的ＶＩＰ玩家們不但有著性命安全保障，同時還可以自由和左牧他們那群人進行接觸，接觸方式沒有限制，即便要弄死也沒有關係。

然而，比起搞死左牧，更多的ＶＩＰ玩家想要的並不僅僅只是如此而已，他們最想要的，是兔子男。

ＶＩＰ玩家之中，也有不少人接觸過兔子男待的殺手組織，以前就有不少人看中兔子男的實力想要將他買下，但兔子男最後卻選擇一個黑道組織的首領作為主人。

由於兔子男的性格很怪異，加上他只追隨被自己視為主人的對象，所以即便有錢也買不到他，因此當時在兔子男出售後，許多人都只能扼腕。

直到他入獄成為罪犯，最後落到主辦單位的手裡，進入那座島，從那之後再也沒有人能夠得到他，很多買家就此打消念頭。

可是誰也沒有想到，那隻赫赫有名、多人爭搶的「三十一號困獸」，卻會以這種方式重獲自由，這讓當初許多想買下他的人，重新開始注意這個男人的存在。

更重要的是，這次兔子男的主人很好解決——只要左牧一死，兔子男就會再次成為自由之身，到時候只要馴服他成為自己的人，那麼就等於是擁有了以一擋十最強戰力。

在這種誘惑下，沒有人能夠沉得住氣。

主辦單位也很清楚兔子男的價值，而這跟他們想除掉左牧的目的重疊了。

於是，他們將比較沒有人氣的樂園遊戲區重新設計，為了迎接左牧，僅僅只在這次的入園的玩家當中新增ＶＩＰ會員制度。

這些ＶＩＰ玩家，十成都是為了殺死左牧而來，而這些人當中九成以上的人，實際上真正的目的都是得到兔子男。

無論左牧再怎麼幸運、聰明，也不可能逃得出這次的樂園遊戲。

因為這是一場從一開始就沒有勝算的遊戲。

「你們不覺得真的很讓人期待嗎？」程睿翰突然開口問另外兩個人，「所有的人都不在乎毀掉主辦單位精心設計的遊戲的左牧，想著的全都是要怎麼拿到那隻兔子，在這種情況下，你們覺得那傢伙活下來的機率有幾成？」

魏也杰和管紹對看一眼，給出了不同答案。

「怎麼可能活，別開玩笑了。我倒是覺得他根本活不到第二座島。」

「可是我覺得沒什麼問題耶？」管紹歪頭說：「雖然我不是很喜歡那個叫做左牧的男人，但他確實很有實力，而且跟在他身邊的可是最強的『困獸』，沒道理會失敗。」

比起男人們的想法，女性直覺讓管紹對於結果早就已經看開。

所以她真的只是純粹來這裡追星的，而且兔子男本人長得比預料還要好看很多，讓她非常滿足。

「紹子，妳的直覺每次都會出錯。」魏也杰完全不信邪，搖搖頭嘲笑她。

管紹不滿地朝他冷眼一瞪，「敢不敢賭？你輸的話就把你今年生日收到的那台車給我。」

「那麼妳輸的話要給我什麼？」

管紹想了想，勾起嘴角甜笑道：「我公司百分之三十的股份。」

這可是等於把公司直接送給他，魏也杰當然不會拒絕，立刻笑著點頭。

「話可是妳說的！到時候別反悔！」

「結果出來後，你就好好慶幸我現在沒跟你拿更多東西當賭注吧！臭小子。」

兩個人私下賭得很開心，而程睿翰只是靜靜地喝著酒，輕鬆哼歌。

指南三：絕望樂園一票玩到底

離開餐廳的左牧跟兔子，和程睿翰安排好的人一起來到他「贈送」的逃生艇面前，讓他意外的是，這個「逃生艇」並不是懸掛在五樓外側的那些簡易船隻，而是有著高級設備的快艇。

快艇有兩層樓，很明顯是那種舉辦派對用的船型，一樓有簡單的沙發空間和廚房，二樓則是臥室以及酒吧，船艙部分則是用來作為儲藏室，有許多高級食品和紅酒。

不過，來到這裡的左牧並沒有因為這艘出乎意料之外的快艇而感到驚訝，他注意到坐在船邊的羅本臉色非常不好看。

剛開始他還以為羅本是受到威脅，或是黑兔可能受傷之類的情況，但很快他就發現黑兔趴在二樓邊大口灌著看起來就很昂貴的紅酒，完全把這艘船當自己家。

帶領他們的那個人將鑰匙交給他之後就離開，一句話也沒說，左牧都快懷疑那個男人是不是個啞巴了。

跟兩個不會說話的人一起走過來的感覺，真的有夠沉悶。

「你那是什麼臉？」

先開口的不是左牧，而是盯著他和兔子男上船的羅本。

明明自己臉色才是最難看的那個，但是卻反過來詢問他，令左牧啼笑皆非。

「先看看你現在是什麼表情再問我吧。」

「我？」羅本歪著頭摸摸臉頰，「我沒什麼感覺……看來我心情已經糟糕到沒辦法做好表情管理了。」

「反正你平常也沒什麼在控制，別說得好像一副自己很冷靜似的。」

「原來我在你眼裡是那種人？」

「沒錯。」

「哼嗯……以前沒人這樣說過我。」羅本說完便轉眼盯著兔子男看，「不過比起我，這傢伙的表情管理更糟糕，而且完全不吝嗇地表現出隨時要殺人的意思。」

「我倒是有點訝異，你會乖乖跟著陌生人過來。」左牧雙手環胸，直覺告訴他，羅本會這麼容易相信對方並來到這等他，肯定跟這件事有關。

「要跟我說說嗎？反正我們現在有很多時間。」

左牧盯著手裡的遙控器，心想著這東西大概不需要了，但羅本卻從他手裡把那東西拿走。

「話先說在前面，我可沒有傻傻跟著對方走，或是相信對方說的話。我會來是因為我確定對方說的是事實。」

「……什麼意思？」

「那傢伙……和你交易的男人是叫程睿翰沒錯吧？」

「對，你知道他？」

羅本嘆口氣，搔搔頭道：「何止認識，我以前曾替他工作過。」

左牧恍然大悟，怪不得羅本連懷疑都沒有，原來他早就跟程睿翰認識。

「來找我的傢伙是程睿翰身邊的人，我認識，雖然我不曉得他為什麼找上你，但我知道那個人不會隨隨便便派自己的左右手過來見我。」

「他該不會是因為你才接近我的吧。」

「不可能，我才跟著他三個月，他搞不好連我長什麼樣子都忘記了。」

「你的實力那麼突出，那種人會不記得你？」

「那傢伙身邊一堆強得像怪物一樣的傢伙，根本就看不上我這種人好嗎？」羅本嘆口氣之後，看向正在替船解開繩子的兔子男說道：「真要說的話，你的寵物還比較像是他的菜，我勸你小心點，別太相信那個男人。」

「並不是我相不相信他的問題，程睿翰基本上是用威脅的方式逼我答應接受他的協助。」

左牧搔頭聳肩，一臉無奈。

要是能閃避他早就逃得遠遠的了，因為他也知道程睿翰感覺起來就不是什麼善心人士，相較之下，他倒是覺得沒把他放在眼裡的管紹和魏也杰稍稍好一些。

接著他問道：「我們那沒用的『隊長』在哪？」

羅本指指二樓，「在上面的床休息呢，還沒醒。你知道那傢伙有多沉嗎？扛他過來真的有夠累。」

「我看你背一堆狙擊槍從沒喊過累。」

「開什麼玩笑？我的寶貝怎麼可能和那東西相提並論。」

「……知道了，是我問錯問題。」左牧起身，用食指甩著快艇鑰匙，「我去把船啟動，那個遙控器看起來沒什麼作用，你想要就放你那。」

羅本將遙控器放進口袋，「就當留個保險，反正不占空間。」

雖然他們也懷疑這個遙控器會是個幌子，事實上根本不需要取得就可以開逃生艇離開，但，也有可能是相反。

總之他們現在不能大意，無論是主辦單位還是提供善意合作條件的程睿翰三人組。不過，左牧並不認為程睿翰會用謊言來說服他，而且他也覺得這樣比較合理，為了接下來能夠方便行動，左牧決定將程睿翰說的話一五一十告訴羅本。

因為距離不遠，二樓的黑兔也聽得一清二楚，但他始終保持沉默。

而在左牧啟動快艇、設定好方向，並照著雷達標示出的方向開過去的這段路上，他把自己跟兔子男在船上遇到的情況全部敘述完畢。

黑兔和羅本覺得自己就像是在聽故事一樣，不過他們十分認同左牧在當時做出的決定，換作是他們也會這麼做。

「和那傢伙合作真不確定是好是壞。」這是羅本唯一擔心的事，雖說跟程睿翰接觸時間只有幾個月，但是卻足夠讓他明白那個男人有多棘手。

駕駛快艇並不是很困難，因為設備夠高級的關係，只要確定方向就可以自動駕駛前往目的地，在確認過雷達顯示的距離後，他們才發現其實距離根本不是很遠。

也就是說，他們搭的這艘郵輪只是在公海繞圈圈而已，而不是往樂園所在的島嶼前進，怪不得要隱藏有關航行的一切資訊。

「先休息一下吧。」左牧對三人說道：「到了那邊不知道要面對什麼麻煩，總而言之我們要先充足休息後再出發。」

他們認同左牧的決定並乖乖遵從，不過黑兔卻還是面不改色地繼續喝著紅酒，羅本暫替左牧的位置，坐在駕駛艙確認行駛上沒有問題，至於兔子男的話，則是黏著左牧一起躺在一樓的沙發上睡覺。

已經徹底習慣兔子男這個大型活體抱枕的左牧，無視身旁的兔子男，呼呼大睡，感覺就像是要把剛才耗費掉的精力全部補回來似的。

原本在二樓喝紅酒兼看護昏迷「隊長」的黑兔，突然走到駕駛艙，看著坐在那裡吹海風吹到兩眼發直的羅本，皺眉道：「你怎麼沒跟左牧說清楚？剛才你見到那個來帶我們過去的男人時，臉色難看到像是想一槍斃掉對方。」

羅本瞇起眼，打了個哈欠後回答：「不重要的事情不需要提。」

「呵，不重要嗎……你還真是對自己的事一點都不關心。」

「你錯了，我並沒有不關心，倒不如說我是個十分貪心的人。」

黑兔恥笑道：「還真看不出來。」

「要不是因為有左牧協助，我現在還被困在那座該死的島上，你沒經歷過所以不知道……那座島就是個地獄。」

「你現在是要報恩？」

「也說不上什麼報恩，如果沒我幫忙，光靠兔子也不可能護著左牧到現在。」

「那你們現在算是什麼關係？」

「……你在意這個幹嘛？」

「就是在意。」黑兔扁著嘴巴，悶悶不樂。

羅本雖然不太懂他在氣什麼，但還是回答了他的問題。

「合作。」

簡單兩個字，沒有其他敘述，也沒有更好的名詞可以拿來解釋。

他並不像兔子男那樣，對左牧有著變態似的執著，雖然一開始是為了能有個方便居留的空間所以待在左牧家裡，可是除此之外兩人之間也沒有什麼特殊關係，不過有時候他覺得自己有點像是保母就是了。

畢竟左牧對於日常生活有些笨手笨腳，兔子男則是完全不會打理，所以這些事情自然而然就落到他身上來。

黑兔的表情很猙獰，顯然對於這個解釋十分不滿，不過他沒有再繼續抱怨，因為已經可以從海平線看見那座樂園。

「那個鬼地方就是我們的目的地？」

黑兔遠遠就看到巨大的摩天輪和雲霄飛車的軌道，說真的，如果不是知道自己即將前往的是什麼地方，他恐怕還真會有種要去度假的錯覺。

「看樣子是。」

「這附近滿多小島的。」黑兔看著放在座位後方長桌上的島嶼地圖，指著說：「主島後面有很多小型群島，這些全都是在樂園的範圍之內吧？」

「嗯，沒錯。所以看樣子不會比想像中輕鬆。」

「哈！這樣正好，要是太無聊就不好玩了。」

「……我們可不是來玩的。」

「知道知道，用不著擔心。」黑兔甩甩手，接著問：「喂，我們『隊長』一直沒動靜該怎麼辦？總不可能背著他上島吧？」

「說的也是。」羅本摸著下巴思考，「至少要在上島前讓他醒來，要不然太麻煩了，連點幫助都沒有的話，就只好隨便找個不顯眼的地方先把人埋在那裡，等我們結束遊戲後再把他挖出來。」

黑兔沒想到羅本居然會這樣說，忍不住為他那搞笑滿點的想法捧腹大笑。

「哈哈哈！你這方法……哈哈哈哈！又不是在沙灘玩埋人遊戲！」

「那不然你來背。」

「可以啊。」黑兔雙手扠腰，露齒笑道：「可別小看我，我力氣大得很，連你都能輕鬆抱起來。」

羅本完全不敢想像那個畫面，臉色鐵青地拒絕。

「絕對不准。」

「是是是。」黑兔聳肩，「那，我們要怎麼做？」

「其實我在考慮要不要用水把他嗆醒。」

「拿刀刺刺看不是比較快？」

黑兔不知道從哪掏出刀子，開心地放在手中上下輕甩。

不愧是「困獸」，黑兔跟兔子男藏武器的技巧完全是複製貼上。

雖然羅本也很想這麼做，但他還是搖頭拒絕，「不行。受傷的話行動會變得遲緩，這樣反而會拖累我們之後的行動。」

「嘖，好吧。」

黑兔不快咂舌，把刀收起。看起來他是認真想砍那個男人一刀。

就在他們繼續討論辦法的時候，船艙傳來「咚」的一聲巨響，黑兔和羅本很有默契地同時往裡面看，發現床上的人不見蹤影，接著他們再稍稍偏頭，果然看到顏面朝地、像蚯蚓般趴在地上顫抖的男人。

「啊。」兩人異口同聲，「醒了。」

「什麼東西……」聽見聲音爬上二樓的左牧，和兔子男一起出現，同時也很快就看見床鋪旁邊那顆高高抬起的圓潤屁股，頓時恍然大悟。

他指著那東西詢問黑兔，「你弄的？」

「喂！為什麼只問我！」

「當然是因為羅本不可能出手啊。」

左牧一臉理直氣壯，好像黑兔在問什麼愚蠢的問題的模樣。

黑兔滿腹委屈，但更多的是火氣，不過當他發現兔子男黑著臉惡狠狠瞪著他之後，就突然覺得被誤會也沒什麼關係。

左牧進入房間，聽見男人低聲哀鳴。

「好痛……」

他聽見男人聲音有些沙啞，就能知道他肯定昏迷很長一段時間。

從桌上拿了瓶水走到男人身邊，將男人扶起來靠著床板，替他扭開瓶蓋。

男人抖著手，連水瓶都拿不穩，甚至差點掉到身上去，幸好左牧眼明手快接住，要不然就白白浪費了一瓶高級水。

左牧代替男人的手，餵他喝水。在灌完半瓶後，男人的臉色才終於好轉。

不過此時此刻，兔子男的眼神已經冰冷到像是能把人瞬間凝固。

羅本和黑兔側眼偷看兔子男，一聲不吭，就怕掃到颱風尾。

根本不在意這件事的左牧將水放在旁邊後，開口說：「我們是陳熙全派來的人。」

他會直接搬出陳熙全的名字，是因為男人的眼神透露出恐懼，不過從他的反應來看，似乎並沒有因為現況而感到慌張或混亂。

就像是他知道現在是什麼情況似的。

於是左牧垂眼問：「你知道我們會來找你，對吧？」

男人先是愣了幾秒，接著點點頭。

「……我、我知道。」

他的聲音雖然還有些沙啞，但聽起來比剛才好一些。

男人接著說：「那些人說只要我能活著離開樂園，就放我走……」

「那些人？」左牧摸著下巴，思索著男人口中說的應該就是主辦單位的人。他對於那些人的身分沒有興趣，因為現在他的目標只有一個，「總之，你不用擔心其他問題，我們會把你帶回去給陳熙全。」

男人害怕得發抖，就像是遭遇過什麼恐怖的事情似的，但這個人身上卻只有小傷，根本不像是受過嚴刑拷打的模樣。

或許，主辦單位是用其他方式來威脅男人，想折磨一個人，並不一定得製造出身軀上的傷痕，多得是方法。

「放心，你現在是『隊長』，除非我們死，否則你的性命不會受到威脅。」

「隊……隊長？」

男人一臉疑惑，於是左牧只好簡單跟他解釋。

原本他還抱持著得花點時間跟耐心的想法，沒想到男人的理解能力比他想得還快，甚至很多他沒直接說出來的，男人也都能夠察覺。

這個人，非常聰明。

左牧很快就做出判斷，只不過聰明歸聰明，膽子太小加上沒有保護自己的能力的話，仍舊沒有太大作用。

陳熙全那邊並沒有說明這個男人被抓的原因，雖然之前他不是很想知道，但現在卻產生了好奇心。

「方便問一下，你知道自己為什麼會被抓嗎？」

「咦？」男人臉色鐵青地抬起頭，透過鏡片對上左牧那雙沉穩的眼眸後，不知道為什麼，心情突然慢慢變得放鬆下來。

他緊抿著乾裂的嘴唇，考慮許久後回答：「陳、陳熙全沒跟你說？」

「沒有。」

「那個……你聽過盛曜電子吧？」

他當然聽過，盛曜電子是專門做晶片以及程式開發的公司，雖然規模不算大，但是產品和客戶卻分布在世界各國，而且主要都是替有錢人做事。

最近幾個月特別火紅的保全系統就是出自於這間公司，他有聽說過開發這套系統跟晶片設計的是盛曜電子董事長的二兒子——

想到這，左牧突然愣住。

他冒著冷汗轉頭看向男人，半信半疑地說：「……你叫什麼？」

可能是看出左牧心裡的猜測，男人一邊乾笑一邊摳著臉頰回答：「初次見面，我、我叫謝良安。」

「……你就是盛曜電子董事長的二兒子。」

「哈、哈哈，你果然聽說過我。」

左牧的臉色非常難看，因為他確實知道這個人是誰。

盛曜電子董事長的二兒子雖然很有名氣，但是卻很少有人見過他，所以大部分的人都是知道他的名字，沒見過長相，要不是他自己坦白，左牧根本認不出來。

蹲在地上的左牧大口嘆氣，沮喪垂頭幾秒後，慢慢站起來。

這點距離，兩人的對話當然也被另外三人聽得一清二楚，除了兔子男之外，羅本和黑兔都對謝良安的身分感到驚訝。

「什麼！你就是那個ＩＱ超高的天才？」黑兔相當訝異，連他都聽過這名字就可以知道謝良安的名氣有多大。

羅本雖然也是聽說過，但知道的並不多，因為他本來就對這類東西沒什麼興趣，如果說是軍火商的話他還可以立刻背出幾個人名。

「盛曜電子不也是ＶＩＰ客戶嗎？為什麼你會被搞成這樣！」

黑兔的話讓羅本和左牧很驚訝，而發現到自己說溜嘴的黑兔，馬上摀住嘴，但已經來不及了。

他們兩個黑著臉靠近黑兔，沒有開口，光是用眼神瞪著他就能給他非常大的壓迫感，最後黑兔只能乖乖坦白。

「那家公司之前也是『困獸』的客戶，所以我有聽說過啦。」

「意思是你知道這個遊戲？」

羅本反應很快，而且不給黑兔退路，強硬逼問：「我就覺得奇怪，你對參加遊戲這件事情好像沒什麼太多問題，原來早就知道。」

黑兔不快咂舌，「我當然知道，只是沒機會說而已嘛……而且你們又沒問。」

他不敢說太多，因為兔子男的眼神寫滿著「給我閉嘴」四個字。

於是黑兔只能委屈地摳摳臉頰，「反正現在這不是問題，而且我知道這遊戲的話，對你們也挺有幫助的不是嗎？」

「是沒錯，但如果你一開始就提的話，我們就不會懷疑你了。」

左牧坦白對黑兔說，雖然他不介意黑兔藏有祕密，畢竟他們說不上是朋友或同伴，只是「剛好住在一起的室友」，但至少在他們討論的時候，黑兔就該主動說一聲。

見左牧開口，黑兔也只能摸著鼻子道歉。

「我知道了……不過我並沒有直接接觸過，只是聽說過而已，我也沒想到自己會變成這場遊戲的玩家。」

「不過你知道主辦單位的客戶名單。」

「呃……」

要是左牧再繼續問下去，黑兔會越來越找不到藉口。

萬幸的是，左牧並沒有繼續逼迫他，而是嘆口氣結束質問。

「那，為什麼主辦單位的ＶＩＰ客戶會被抓走，還強制參加遊戲？」

他詢問謝良安，因為他知道這個人不會說謊。

不擅長說謊的人在性命受到威脅的情況下，反而會因為慌張而變得很好看透。

謝良安大概是知道這點，所以選擇坦白。

「我跟陳熙全合作，從主辦單位的主要伺服器裡將所有遊戲區的設計資料盜出來，結果不小心被發現了……」

「所以你被抓走，然後成為誘餌強迫陳熙全把我叫過來這裡？」左牧接著說完，就好像早知道事實是如何的樣子。

謝良安用力點頭，「對對對！你怎麼知道？」

「推測的。」左牧繼續摸著下巴，邊思考事情邊回答：「主辦單位是打算一網打盡，順便把你也處理掉，但從陳熙全一知道你被抓就跑來找我這點來看，你應該不是什麼可以隨便捨棄的人。」

「啊……」謝良安臉色鐵青，哈哈苦笑，「大概是因為我有主辦單位的所有ＶＩＰ客戶名單的關係，而且我還設計了一套程式，可以直接讓各個遊戲區的伺服器癱瘓。」

「癱瘓伺服器？」

「呃、解釋起來有點麻煩。」謝良安想了想之後說道：「簡單來說我可以用它掌握伺服器的主控權，而且只需要幾秒鐘時間就好。」

「意思是你能操控這些遊戲場地的伺服器，讓它們癱瘓？」

「是可以，不過可能要多花點時間。」謝良安冒冷汗，有些尷尬地說：「因為主辦單位在遊戲場地使用的電子設備，全都是我做的。」

這句話一說出口，羅本和黑兔都茫然了，只剩兔子男一個人呆呆凝望著窗外發呆，與世無爭。

左牧也很驚訝，他沒想到謝良安居然是跟主辦單位有合作關係的客戶！

包括之前那該死的手錶，還有兔子男的頸圈、島上那些棘手到不行的陷阱——全都跟他有關？

「哈、哈哈……你看起來很像要揍我的樣子。」

「我是很想。」左牧皺緊眉頭，「不過還是算了，畢竟你現在是要保護的對象……而且玩家不能對『隊長』出手。」

左牧單手扠腰，另外一隻手扶著額頭嘆氣。

現在他終於明白為什麼陳熙全沒有告訴他謝良安的身分了，因為他肯定會趁謝良安昏迷的時候揍他幾拳。

媽的，什麼不好做偏偏要替主辦單位製作那些麻煩的鬼東西！

左牧亮出手腕上的手還給謝良安看，「所以說，這東西也是你做的？」

謝良安點點頭，苦笑著亮出自己的手環說道：「對。」

「哈啊……好吧。把員工跟合作過的對象扔進遊戲場地虐待，肯定是那些變態傢伙的一貫手法。」

這番話引起謝良安的興趣，他好奇問道：「你的意思是，除了我之外還有別人也被這樣對待過？」

「等這些鳥事結束後我再介紹給你認識。」

「我、我能活著離開嗎？」

「怎麼?覺得我沒辦法把你完好無缺的帶回去?」

「這個……」謝良安膽怯地看著左牧一行人，緊抿雙唇。

他總不好意思說覺得自己存活的機率低得可憐吧，畢竟他除了腦袋瓜靈光之外什麼也沒有，連槍都沒碰過的他，根本不可能活著離開樂園。

「我沒有其他意思，只是……」

知道這些遊戲場地危險性的謝良安，實在無法輕易說出能活著回去這種話，只能猶豫地垂下頭。

其實他會有這種反應並不奇怪，不過還是會讓左牧覺得不耐煩。

因為這樣根本就是在質疑他的專業能力。

「只要你乖乖聽我的，別隨隨便便惹事上身，我就能保證讓你活下來。」

「知、知道了。我會乖乖聽話。」

謝良安乖巧點頭，突然左牧伸手拍拍他的腦袋，差點沒把他嚇死。

他眨眨眼盯著左牧把手收回，回頭去和羅本他們說話的樣子，傻愣坐在原位。

突然，他感覺到一道銳利的視線落在他身上，嚇得他背脊發冷、全身僵硬不敢亂動。

盯著他看的兔子男很不滿地湊到左牧身邊，下巴扣在左牧的肩膀上，動也不動，就像個普通的裝飾品。

他瞥眼看向謝良安，輕輕扯動嘴角，像是跟他炫耀自己跟左牧的關係似的，同時也在默默警告他這個人是自己的所有物。

謝良安的冷汗多到讓床鋪都溼了，他瞳孔顫抖，默默拿起放在地板的水瓶拚命灌水潤喉。

左牧這些人給他的感覺很奇怪，可是現在他也只能選擇相信這些人的能力了。

既然是陳熙全派來的人，應該不會出什麼大問題吧？

他努力安慰自己，卻還是難以放心，結果直到左牧他們談完之前，水瓶裡的水都沒喝下去多少。

╱

快艇停在小型港口區，左牧很俐落地控制著船隻靠岸，充當勞力的兔子男則是負責把快艇捆好、穩定住。

這個港口不是專門停靠大型船的，附近的海域也無法讓太大的船靠近，每個港口能夠容納的船隻只有四到五艘左右，但像這樣的小型港口卻遍布在整個島嶼周圍，是個設計十分獨特的島嶼。

這種不自然的地形，很顯然就是人工製造出來的，看來這裡應該不是本來就存在的島嶼，有著摩天輪的本島以及周圍的群島，全都是主辦單位為了遊戲而特地製作出來的場地。

雖說和他們之前待的島有點不同，但一上島就可以很明顯感受到被觀察的視線這點倒是一模一樣，左牧甚至還有些懷念。

直到踏上島嶼的這個瞬間，他才有種「又回到這該死的遊戲」的實感。

「真讓人懷念是吧。」羅本來到左牧身邊，盯著他的臉說：「你現在的表情就好像是在這樣說。」

左牧真想把羅本的雙眼戳瞎，但又沒辦法否定，因為他心裡確實有這種想法。

五人離開快艇停靠的港口後，來到樂園的入口處。在港口旁邊就已經有整座樂園的大型地圖看板，所以要找到入口並不是什麼難事。

樂園位於島的中央，園區呈現圓形，之外的土地則是通往樂園的入口廣場以及數不清的小型港口，在每個小港口旁都有一棟兩層樓的白色建築，是提供給玩家居住的，只是左牧不太清楚為什麼要安排這些房子。

這次的遊戲，並沒有提到居住區，如果說和之前的經驗差不多的話，大概他們停靠快艇的港口旁的附屬建築，就是他們住的地方。

但，建築物是在園區之外，難道說他們還得辛苦來回跑？

入口的廣場已經聚集不少玩家，每個人的手腕上都佩戴著手環，有些人看起來很明顯就是剛來的菜鳥隊伍，有些則是已經很老練，態度十分輕鬆的老鳥隊伍。

左牧很意外，因為還滿好分辨的，這有點出乎他意料之外。

是因為這個遊戲場地的玩家並不是像之前那樣充滿菁英，反而比較多普通人的關係？玩家之間的經驗值和等級似乎落差很大。

不過，這些隊伍應該都不是來自於他原本搭的那艘郵輪，而且應該也沒有之前程睿翰提到的那些VIP玩家。

這點程度的判斷他還是能夠看出來的，更不用說他身邊還有三個比他更有經驗的男人在，知道VIP玩家存在的他們，以及主辦單位的真正目的，他們幾個肯定會留意周圍玩家的動靜。

就在這個時候，他聽見樂園入口的廣場喇叭傳來音樂聲。

『絕望樂園，伴隨著死亡氣息的完美樂園——選擇吧、選擇吧，因為你不會再有機會做出選擇——搶奪吧、掠奪吧，如果你想要逃離這個地方的話——』

詭異的歌詞和很不搭的童話風伴奏，以及那沙啞、不太清楚的歌聲，讓廣播聽上去充滿詭譎的感覺。

一般來說樂園的歌應該都是很可愛、讓人充滿希望，但這裡放出的音樂卻是讓人恐懼、忍不住寒毛直豎。

『在小鳥絕望時，來到樂園玩耍吧！但是在小鳥死亡前必須離開。離開吧，離開吧，當黑夜吞沒樂園，這裡將會成為絕望的地獄——』

歌詞裡透露出的關鍵，左牧一個字都沒放過。

現在他手裡掌握的線索太少，而且這詭譎的廣場音樂很明顯就是像在事先說明規則，很難讓人不去在意。

聽著這些歌詞，左牧心裡大概有些底，如果他猜想得沒錯，這個絕望樂園可能會有點棘手。

在他思考這些事的時候，樂園入口的上方突然有隻鳥停駐。

牠的動作看上去和普通的小鳥沒有不同，但很明顯在動作上十分僵硬，與其說牠是動物，倒不如說像是機器人。

「那是生物型監視器。」謝良安向左牧解釋，「遊戲場地大部分都是用這些作為隱藏監視器，不過這些東西只有捕捉畫面的功能就是了。」

「怪不得他們的監視能夠遍布整座島。」

「我雖然參與設備製作，但遊戲規則那些，我並不是很清楚……」

「你還真的完全沒有任何有用的地方。」

「如、如果能碰電腦的話，我就不會這麼廢了！」

「意思是你除了程式之外都幫不上忙。」

謝良安冷汗直冒，無法反駁，因為事實就是這樣。

左牧嘆口氣，看著眼前慢慢敞開的大門，對另外三人說：「不管發生什麼事，羅本，你負責保護好我們這個沒啥作用的隊長，兔子的話跟著我，黑兔你……隨便吧。」

「為什麼只有我是隨便啊！這樣感覺很讓人不爽欸！」黑兔像隻炸毛的貓，衝著左牧抱怨，但所有人都沒理他，自顧自往前走。

黑兔沒辦法，只好咬牙切齒地蹦著腳步跟上去。

左牧原本還以為入口是自由進出的，沒想到門口還有個掃描機台，得用手環在上面掃過後才會放行。

入口分成初次入園和普通入園兩個通道，而在初次入園的通道，寫了不少說明，甚至還有指導手冊。

入園掃描必須先由隊長來，接著才是其他隊員，走在倒數第二的左牧拿起手冊閱讀的時候，聽見前面傳來聲音。

『請先前往商店街再開始您的樂園旅程。』

左牧的視線立刻飄到地圖上寫著「商店街」三個字的位置，就在入口附近而已，一進去就是。

五人順利入園後，看著這光鮮華麗的廣場和商店街道，實在不覺得這個地方和「絕望」兩個字劃上等號。

他們依照指示進入商店街，奇妙的是每間店都只有寫「ＳＨＯＰ」字樣，其餘什麼都沒寫，門口櫥窗也看不見店內的情況。

雖然很奇怪，可是他們還是隨便挑了間店走進去。

與那可愛、活潑的外面街道不同，商店裡擺放的並不是紀念品或零食之類的，而是各種武器，無論是槍械還是刀具，甚至連陷阱都有，另外還有擺設一些藥品，不過並不是有殺傷力的，而是治療傷口以及止痛劑之類的藥物。

照這樣子看，他們還真的來到了狼窟，此刻左牧才真正感受到「絕望樂園」四個字的意義。

謝良安大概也是第一次見到這些武器，臉色十分難看，至於另外三個人，老早就興奮地跑去物色了，就像是在逛自家後院一樣輕鬆寫意。

不僅僅是他們，其他玩家也很開心的一邊挑選一邊跟同伴討論，對話內容大部分都是充滿血腥和變態內容，左牧就算不想聽也不行。

「哈哈哈……我們也去拿點什麼吧。」

「咦？我、我也要？」

謝良安被左牧說的話嚇到，他原本以為左牧應該會跟他有同樣的反應，結果卻只有他一個人陷入慌張而已。

「你既然不用怕會被殺死，那就負責帶點醫療用品。」

左牧邊說邊從架子上拿下簡單的醫療包，掛在謝良安的脖子上，自己則是在手槍展示區隨便拿了把握起來還算順手的槍，再拿幾個彈匣。

皮套不好使用，所以他決定用槍背帶來攜帶手槍。

這種感覺特別奇怪，因為之前的遊戲並沒有特別要求他們在進入前攜帶武器，彷彿離開這條商店街之後，就會立刻被追殺似的。

左牧垂低眼眸，慢慢將眉頭蹙緊。

入園時，無論是不是第一次進入樂園的玩家都沒有配戴武器，也就是說這些武器都不允許被帶出樂園。

剛才他草草瞥過入園手冊，但已經看到了一些關於絕望樂園的規定。

這個地方，或許比之前那裡還要麻煩。

穿搭好之後，左牧感覺到有人用手指輕點他的肩膀。

轉頭一看，是不知道什麼時候站在身後的兔子男，而且還戴著十分熟悉的東西。

「你……戴什麼防毒面具？」左牧苦笑伸手，原本想把防毒面具摘下來，但是兔子男卻抓住他的手腕，不讓他拿走。

左牧嚇一跳，因為兔子男抓住他的手力量有些大。

他實在沒想到兔子男會這麼反感，反倒啞口無言。

「你別理他。」黑兔蹦跳著過來，鑽進兩人之間，對左牧說：「這傢伙是刻意這樣做的，而且他還是自己把那面具弄成這副德性。」

「什麼意思？」

「這防毒面具明明好好的，結果這傢伙不曉得想幹嘛，突然就把它的左眼鏡片打碎，還自己把皮帶綁成這種麻煩的樣子。」

左牧很清楚兔子男為什麼這麼做，因為這個防毒面具就跟和他相遇時戴的那個完全一樣。

左牧抬眼盯著兔子男，兔子男笑咪咪地鬆開抓住他的手，似乎沒有什麼想法。

確實，連他也不知道兔子男想幹嘛，但既然他想這麼做，就隨他的意吧。

「兔子，這東西不能帶出樂園哦？」

兔子男點點頭，接著旁邊就又傳來一聲驚呼。

「嗚哇！搞什麼？你那樣子是……」

是背著狙擊槍的羅本。

羅本原本還想說些什麼，但反應神速的他似乎已經察覺到兔子男的用意，於是說到一半後就決定乖乖閉嘴。

什麼都不管才是最佳的求生之路，沒錯，這樣比較安全。

「廢話少說，你們都準備好了就直接出發。」羅本向後指著另外一側寫著「出口」的門，「似乎要從那出去，有些隊伍已經出發，我們是不是也別浪費時間？」

「嗯，樂園的營業時間只到晚上六點，這段期間雖然可以在樂園內自由行動，但玩家必須在樂園關閉前離開，不能留在裡面。」左牧熟練地說出手冊上寫的注意事項，看來這部分倒是和那座島的門禁時間類似。

「走吧，該去享受了。」左牧勾起嘴角，對另外四人說道：「既然那些傢伙想看我通關，那就讓他們看看我會怎麼毀掉他們的遊戲。」

主辦單位沒有選擇殺掉謝良安，而是反過來利用他來強迫陳熙全把他們交出來，這件事不管怎麼想都讓左牧覺得有些奇怪。

謝良安說他手裡有著主辦單位的所有遊戲區資料，而這些資料也已經交給陳熙全，在這種情況下，左牧能猜想主辦單位沒有對謝良安下毒手的理由，只有兩種。

一是他們知道謝良安對陳熙全來說非常重要，所以知道陳熙全不會拒絕的前提下把他們四個人牽扯進來，而這件事的前提是謝良安對主辦單位那邊來說已經沒有任何利用價值。

第二種可能性，是陳熙全故意順主辦單位的意思，讓他們以為謝良安還有利用價值，甚至還不惜交出主辦單位的眼中釘——也就是拿他來做為整件事情的煙霧彈，實際上謝良安對陳熙全來說早就已經沒有任何利用價值。

前者的話看上去比較正常，但若是後者的話，陳熙全看起來就完全是個超級大混帳。老實說他還比較希望是後者，這樣他就有理由痛揍陳熙全一頓。

不過，還有個對他來說可行度最低，卻很像是陳熙全作風的「第三種可能性」。

左牧下意識摸著掛在胸口的項鍊，皺緊眉頭，果斷放棄思考這個問題。

花腦力去思考陳熙全的目的，完全是白費力氣，他現在必須全神貫注，想辦法先把謝良安保護好再說。

「這什麼鬼？」

羅本很不耐煩地盯著眼前的花花世界，心情糟糕到極點。

在走出商店的後門後，他們進入一大片的花田。

花田沒有任何明顯的小路，全被各種顏色、品種的花朵填滿，就像是條楚河漢界，花田的對岸建有許多耳熟能詳的遊樂設施區域，看起來就跟普通的遊樂園沒有什麼不同，甚至不會讓人覺得身處於主辦單位的陰謀中。

不過，正因為過於「普通」，反而讓人更加懷疑這片花田裡有沒有藏陷阱之類的，但就在所有人猶豫的時候，左牧倒是絲毫不在意地踩在花朵上面，面無表情，直接走過去。

兔子男緊跟著，而羅本和黑兔則是在對看一眼後也往前走，至於被留在最後面的謝良安則是臉色蒼白，帶著忐忑不安的心情，小心翼翼地往前。

五人平安無事穿過花田，踏上這有些潮溼、生鏽，甚至看起來有點像是已經被廢棄的遊樂園，雖然這些遊樂設施看起來很不安全，像是沒有定期維修保養，但是閃亮的燈光和充滿活潑氣氛的園區音樂，將這個地方包裝成只是有點年代的普通遊樂園。

除他們之外，遊樂園已經有其他玩家隊伍，他們各自討論著接下來的行動和目標，無視於其他隊伍的存在，甚至左牧感覺出那些人根本不想和其他隊伍交流。

「島主徽章」是所有隊伍的目標，也是過關、離開絕望樂園的唯一方式，不過並不是說玩家們能夠自由進出其他群島取得徽章，而是必須從主島——也就是現在他們所在的這個島嶼來尋找前往其他群島的「通行證」。

在商店的那段時間，左牧已經把入園手冊和規則背得一清二楚，所以現在不用看也能知道這次的遊戲該怎麼玩。

確實就像羅本說的，這個地方和之前的島，差別太大了。

之前是除了遊戲時間之外都可以普通地生活，然而這次卻是每天固定時間進行遊戲，也就是說喘息的時間遠比之前少很多。

他並不想在這裡浪費太多時間，更重要的是，島主徽章只需要蒐集五個就好，比之前的鑰匙數量少了一些。

想到這左牧就忍不住懷疑，主辦單位設計遊戲的思路根本就差不多，為什麼就這麼愛拿蒐集東西當作主題?不是鑰匙就是徽章，下次該不會還要來個什麼紀念印章吧?

「接下來要做什麼?」

聽見羅本的提問，左牧才回過神來，轉頭看他。

左牧勾起嘴角笑道:「先想辦法拿到進入其他島嶼的『通行證』，島嶼的數量比要蒐集的徽章數量多很多，也就是說即便失敗也沒關係。」

左牧用簡單的方式解釋樂園的規則給其他人聽。

首先是「通行證」。想要進入群島取得徽章的話，這是一定要拿到的，群島數量雖然很多，但每座島只能登陸一次，也就是說如果沒從那座島嶼拿到徽章的話，就沒有第二次機會。

既然有給予失敗的機會，自然在蒐集徽章這件事情上就不會太過讓人緊張，但左牧卻覺得事情應該沒那麼簡單。

主辦單位怎麼可能會給玩家失敗重來的機會，這不符合他們的行事手法。

「『通行證』都放在遊樂設施的出口位置，所以只要搭乘遊樂設施就可以取得。」

「這麼簡單的嗎？」羅本半信半疑地問：「聽起來反而很讓人起疑，該不會藏著什麼陷阱吧？」

「我也這樣覺得，但我想就算有危險，程度應該也跟取得樂園門票差不多等級。」左牧瞇起眼，看向海面，「因為危險的是那些藏有徽章的群島。」

「……你打算怎麼做？」

「規定裡並沒有說明每次入園可以取得的『通行證』數量，所以我打算今天盡可能多拿幾張，要不然每次都得入園一趟還挺麻煩的。」

「知道了。」羅本點點頭，「這樣的話分開行動比較快。」

「我是這樣想的沒錯，不過還是先一起去找個遊樂設施試試看再做決定比較好。」

「嗯，確實這樣做比較妥當，那你打算先從哪個開始？」

「這個！」

回答羅本疑問的，並不是左牧，而是興奮雀躍的黑兔，不僅僅只有他，就連兔子男也露出期待的眼神指著和黑兔不同的遊樂設施。

左牧跟羅本無言盯著這兩隻兔子，真心覺得這兩個完全沒有危機意識的殺手安逸到令人火大。

無視興奮雀躍的兩人，左牧翻著園區地圖後做出了決定。

「先去這裡。」

另外四個人湊過來看著左牧指的位置，覺得他做出的選擇有些特別。

因為那是完全不需要搭乘任何遊樂設施，甚至還有些乏味的「人偶屋」。

「你認真？」羅本挑眉，「我說，你該不會是不敢搭遊樂設——」

「我可沒說我不敢搭，只是覺得第一個要先從最簡單的開始。」

羅本的話都還沒說完，左牧就先大聲為自己辯駁。

這下子羅本更加確定左牧就是真的不敢搭遊樂設施，但他沒有繼續追問下去。

每個人都有不擅長應付的東西，但左牧的有點出乎他意料之外。

「這裡看起來滿和平的啊，也感覺不到有什麼危險，為什麼進來前一定得去帶武器？」

黑兔趁兩人在聊天的時候，已經把周圍的情況觀察完畢。

這是他在觀察後得出的結論，同時也感到十分煩悶，因為他原本還以為能夠活動筋骨，結果看上去似乎跟他想得不太一樣。

再說，玩家之間又不能互相對幹，那他的拳頭應該用來揍誰？

「雖然我覺得你說得有道理，但也不用這麼期待。」羅本回答他的問題，並「善意」提醒他閉嘴。

黑兔雙手枕在後腦杓上，臉色很臭不過還是很聽話。

這時左牧終於發現他們的人數不太對，直到剛剛為止他都太過專心於遊樂園裡面的情況，現在才發現少了一個人。

「……喂，謝良安去哪了？」

左牧厲聲詢問其他三人，羅本和黑兔搖搖頭，而兔子男則是打完字後翻給左牧看。

『廁所。』

「什、什麼時候去的？」

『十分鐘前。』

「兔子！你怎麼沒跟過去！」左牧臉色大變，趕緊往廁所方向跑過去，「就算你不想跟也好歹跟我說一聲啊！」

從兔子男的反應來看，很顯然他認為謝良安的死活一點也不重要，這真的很令人頭疼，他明明就已經提醒過很多次，絕對不能讓謝良安單獨行動！

謝良安也不知道是哪根筋不對，竟然獨自一個人跟他們分開，等找到人他絕對——

衝進男廁的左牧，把所有隔間的門踹開，但是卻沒有找到謝良安。

離這最近的只有這間廁所，謝良安不可能去其他地方，卻怎麼樣都找不到人！

「該死！」左牧咬牙切齒，忍不住握緊拳頭狠狠打向牆壁，但在打到牆壁前，他的拳頭就先被兔子男的掌心接住，把他嚇了一跳。

兔子男像是做錯事的孩子，眼神可憐兮兮的，可是這樣反而讓左牧更火大。

「哈啊，我真是……」

「女廁也沒人。」羅本從女廁找完一輪後回來，看到左牧怒火中燒的模樣後，冷汗直冒。

兔子男這次又闖禍了。

黑兔抖抖耳朵，突然聽見天花板傳來「嘎嘎」聲響，就像是有東西在他們的頭頂上移動似的，但還沒來得及知道那是什麼，廁所的磁磚牆面就突然傳來巨大聲響。

「碰！」

第一聲只有水泥塊因震動而掉落下來，以及強烈的震動。

「碰！」

第二聲開始，磁磚掉落，牆壁也出現裂痕。

然而在第三聲傳來前一秒，兔子男就迅速攬住左牧的腰遠離牆壁，與此同時，鐵製的棒球棍也打破牆壁，出現在他們面前。

黑兔和羅本立刻拿起各自的武器，看著全身肌肉、只穿著白色背心的高大男人從牆壁後面走出來。

這間廁所的牆壁後面是空地，什麼也沒有，這男人為什麼要特地打破牆壁闖入廁所？疑問還沒解開，垂頭的男人突然抬起頭，雙眸布滿血絲，直接攻擊映入眼簾的人臉。

——是距離最近的兔子男跟左牧。

兔子男立刻側身將左牧護住，並抬腳狠踹那個男人的臉。軍靴鞋底讓男人的臉印下明顯的鞋印，但這個人卻像是沒有痛覺，直接抓住兔子男的腳踝。

兔子男意識到狀況不對，立刻把左牧推向黑兔懷裡，下一秒他就被肌肉男狠狠從牆壁大洞扔出去。

廁所的位置狹窄，打起來有困難，所以羅本和黑兔立即做出離開廁所的決定。

肌肉男想要追出來，但從背後撲過來的兔子男卻用雙腿夾住男人的腰，將拔出來的軍刀插進對方的頸部。

然而，事情並沒有想像中順利。

男人堅硬的肌肉竟然直接讓兔子男的軍刀斷裂，直接成為廢鐵。

兔子男也被這突發狀況嚇一跳，回過神來發現男人快速後退，打算將他狠狠夾在牆壁與自己的後背之間。

他眼明手快，在肌肉男得逞前跳開，隨即撿起因為肌肉男的狂暴而散落一地的塑膠水管，再次衝上前。

塑膠水管瞬間捆住肌肉男的脖子，因為長度夠，甚至能夠將他握住鐵球棒的手腕也一併限制起來。

即便力氣再大、肌肉再怎麼堅硬，也很難立刻掙脫塑膠水管的束縛。

兔子男沒有打算跟對方耗時間，抬起頭盯著天花板，接著迅速向上跳起，掛在天花板的缺口處，把躲在夾層裡的人強行拽出來。

「咿！」

被兔子男嚇得半死的謝良安，差點沒尿褲子。

他因為慌張而太過用力，結果本來就很老舊脆弱的天花板被他一掌穿破，人也跟著摔下來。

雖然他運氣不錯摔在肌肉男身上，但謝良安還是嚇得急忙跳下去，拔腿逃出廁所，反而直接被在廁所外等候的黑兔逮個正著。

「你果然躲在天花板上。」

「對對對、對不起！」

「待會你再慢慢道歉，然後解釋清楚。」羅本看見兔子男出來，便朝廁所扔了個手榴彈，之後轉身離開。

謝良安很害怕地跟在他們身後，隨即不到五秒時間，手榴彈爆炸，整間廁所也被炸碎，直接把那個肌肉怪男活埋在裡面。

在遠離後，除兔子男之外，所有人都用火大的眼神盯著謝良安看。

謝良安冷汗直冒，不由自主地跪坐在地上，完全不敢把頭抬起來。

「現在說說看，你到底在搞什麼鬼？」

最不爽的左牧雙手環胸，可怕到讓人不敢直視。

謝良安顫抖著回答：「我、我尿急想說上個廁所……但但但是我絕對沒有擅自離開！我有跟那個人說！」

他指著兔子男，可惜兔子男連看也不看他一眼，反倒心滿意足地貼在火冒三丈的左牧身後，把下巴放在左牧的頭頂上，一臉看起來很愛睏的樣子。

「我也不知道會剛好遇到那種肌肉猛男來上廁所啊！」

「所以，發生了什麼事？」左牧沒耐心聽他廢話，語氣相當不耐。

謝良安不敢再找藉口，乖乖敘述過程。

「我、我上完廁所想出去的時候，聽到有拖曳東西的聲音，因為聽起來很像是鐵條之類的武器，我很害怕所以就躲到天花板上去，結果不知道為什麼那個肌肉男一直在廁所徘徊，就好像知道我藏在那裡一樣，找完裡面後又繞到外面去找……接著你們就出現了。」

「你不知道他為什麼要攻擊你？」

「那、那個人大概是受到控制的傀儡。」謝良安不敢隱瞞，把自己知道的全部說出來，「這種傀儡是受到植入的晶片控制，沒有自我意識，只要發現活體就會主動展開攻擊。」

「該不會這種東西很多吧？」

「我不太清楚數量，但……大概有不少。」

「哈啊……怪不得一開始就給我們準備武器。」左牧搖頭嘆氣，看來他雖然不用擔心這裡會遇到什麼詭異的罪犯，取而代之得小心的是這些不知道是活是死的活體傀儡。

不過剛才遇到的肌肉男，似乎不僅僅只是意識被操控，他的身體好像接受過改造，或是有部分能力的提升，否則不可能連軍刀都捅不進去。

這讓他想起之前進行的鑰匙遊戲中遇到的，綁著繃帶的「生物」。

剛才遇到的肌肉男，十之八九跟那間進行人體實驗的製藥公司脫離不了關係。

「以後不准再單獨行動，就算你快尿褲子也不准。」

「知、知道了。」

即便左牧沒說，謝良安也沒有那個膽敢再和這些人分開。

他躲在天花板上的時候，看得一清二楚，原本半信半疑的他在親眼見過兔子男的實力後，終於明白陳熙全為什麼會找這些人來保護他。

離開廁所的五人，根據園區地圖來到左牧選上的「人偶屋」。

說是人偶，實際上看起來還比較像是擺滿人體模型的屋子。

這個區域看起來很像個小村莊，圓形的噴水池周邊有大約三、四棟小房子，房子的面積不大，裝潢看起來很像是兒童動畫裡的可愛模樣，看起來就像是這些人體模型住的房間。

感覺得出來這個區域是想做成一般日常生活的樣子，讓遊客參觀，但光是看到這景象都足夠讓人感到毛骨悚然，根本不可能會有人想來逛。

人體模型並不是裸體，但也沒有穿著完整的衣服，甚至有些缺少手臂、大腿或是頭部，總之零件完整的人體模型數量偏少。

在這些小房子的中央，是個普通的獨棟木屋，這個木屋無論是裝潢還是存在感，都和周圍那些小房子完全相反，還比較像是度假村裡的那種供人住宿、過夜的木屋。

更重要的是，木屋裡面沒有人體模型，但門口確實掛著「人偶屋」的牌子。

「看來我們要去的是這間。」左牧盯著牌子，嘆了口氣，「果然這裡不會出現什麼正常的東西。」

「主辦單位的腦袋那麼不正常，你怎麼還會有這種天真的想法？」羅本挑眉問道，口氣充滿困惑。

他們比誰都清楚主辦單位那些傢伙的喜好，那些傢伙設計的遊戲內容，絕對不是什麼好東西。

左牧聳肩，率先跨進屋內。

五人走進去後就直接進到一個小房間，房間裡只有一張沙發以及兩扇門，沒有其他多餘的東西。

左牧在走近後發現沙發有張紙，紙上寫著簡單的規則。

隊長不允許進入人偶屋，剩餘隊員分成兩組個別進入左右兩扇門，順利抵達出口即可得到通行證。

簡而有力的說明，但是卻充滿許多不確定因素。

左牧看完後遞給謝良安，身為隊長的他看完臉色大變，立刻搖頭。

「不行不行！絕對不行！我絕對不要一個人——」

「規定就是這樣，你很清楚不能違反。」

「跟你們分開的話，萬一又出現那種肌肉男我要怎麼辦！」

廁所的遭遇讓謝良安沒有辦法安心，緊緊抱住左牧，說什麼都不肯鬆手。

他完全沒想到自己的行為已經惹來兔子男的怒火，這讓一旁看著的羅本和黑兔很緊張。

不過，直到左牧把謝良安踹飛為止，兔子男都很安靜，並沒有如預期中那樣直接拿刀抵住謝良安的脖子威脅。

羅本和黑兔倒是對這結果感到吃驚，看來兔子男再怎麼不滿，仍然會乖乖遵守左牧下達的命令。

「你不用擔心，既然這是遊戲規則，照道理來說隊長就是安全的。」

「確、確定嗎？」

「我又不是主辦單位，沒辦法給你保證。」

左牧一副就是置身事外的態度，但老實說他確實不太擔心。

他看著兩扇一模一樣的門，皺緊眉頭。

既然是不允許隊長進入，就表示門後面絕對不是什麼單純的遊樂設施。

他看了羅本一眼，羅本也對他點了點頭。

「謝良安，你坐在沙發上等我們回來。」

因為左牧的眼神特別可怕，所以謝良安不敢再多說什麼，乖乖挺直身體坐在沙發上，緊張到不敢亂動。

雖然他已經害怕到快哭出來，但左牧他們卻完全沒打算理會。

「我和兔子去左邊，你們走右邊的門。」

羅本和黑兔點點頭之後，雙方各自打開門走進去。

門裡面是一片漆黑，為了確保安全，兔子男主動走在前面，但就在門關上的瞬間，燈光突然轉亮，緊接著牆壁裡伸出一隻機械手臂，直接拽住走在後面的左牧，強行將他往後拉。

當兔子男發現的時候，已經來不及了。

他眼睜睜看著左牧連聲音都還來不及喊，整個人撞進活動型牆壁後面，消失在他眼前。

兔子男瞪大雙眼，不敢相信這短短幾秒內發生的事，還沒回過神的他，聽見正個空間傳出機械聲響，阻擋在兩扇門中間的那面牆壁迅速向下收起，將左右兩扇門背後的空間連在一起。

「兔子？」

羅本驚訝的聲音從兔子男身後傳來，他立刻轉過身，看著跟他一樣露出驚訝表情的羅本，卻沒有見到黑兔的身影。

他黑著臉，凶神惡煞地瞪著羅本，而羅本也在看清楚左牧不在兔子男身邊後，釐清了現況。

看樣子他們兩邊各被抓走一名隊友，也就是說，被抓走的人是黑兔跟左牧。

這下可慘了，要跟突然失去左牧身影的兔子男待在一起，怕是連他都會掃到非常嚴重的颱風尾。

而且還是會直接威脅到他性命的那種。

思考到一半，羅本突然感覺到背脊一陣冰冷，嚇得他連忙回神。

兔子男雖然戴著防毒面具，可是卻能夠透過他的眼神感受到他此刻有多麼憤怒，只要左牧不在身邊，就會讓這隻兔子暴走，如果再不快點把人找回來，兔子男搞不好會把這個地方給毀掉也說不一定。

「你冷靜點。」羅本頭痛萬分地扶額，「總之我們先繼續往前走，左牧他們應該還在人偶屋裡，如果照剛才那張紙條的說明……我想這個遊戲應該主要只是把隊員分開而已，所以左牧有很高機率是跟黑兔待在一起。」

即便是已經跟兔子男相處很長時間的羅本，也還是難以忍受兔子男這副凶神惡煞的模樣，這種情況，就只有身為飼主的左牧能管得了他。

兔子男的眼神仍然很可怕，他恨不得現在立刻就把這些牆壁打碎，把左牧找回來。

然而，事情卻沒有他們想得那般簡單容易。

從漆黑的走廊深處，慢慢出現幾個搖晃的身影。

喀噠喀噠的聲響令人毛骨悚然，然而當它們以不自然扭動四肢的模樣出現在兔子男跟羅本面前的瞬間，兩人不由自主地勾起嘴角。

「哈！真是瘋了。」羅本拿出手槍，並拉開保險做好準備。

眼前這些，全都是人體模型，而且它們的身上還綁著炸彈。

雖然有段距離加上光線有限，所以沒辦法看得很清楚的關係，羅本沒有辦法立刻分辨出炸彈的類型，但很顯然是遠程遙控炸彈，沒有時限，也不是因震動等碰撞而引爆，也就是說——現在這些人體模型就像是長了雙腳的炸彈，遠比任何炸彈都要來得危險。

「小心點，我們沒辦法確定這些炸彈的威力……」

羅本話都還沒說完，兔子男就已經以飛快的速度衝入人體模型之間，用力抓住其中一個人體模型的頭部後，狠狠甩飛出去。

炸彈在半空中就引爆，炸成碎片的人體模型，一塊塊墜落在地上。

在兔子男抬起頭，以閃閃發光的眼眸重新注視這些人體模型的瞬間，它們全都抓狂似的朝兔子男撲過去。

羅本才剛準備舉槍從後方協助，但很快的他就發現自己根本不需要幫忙，因為兔子男一個人輕輕鬆鬆地就將這些人體模型全部解決掉了。

同時，兔子男的行為也解決他剛才所擔憂的問題，那就是炸彈的威力。

炸彈的威力並不算大，但也能在人體炸出灼傷或撕裂傷口，雖然數量很多，不過並不會危害到整棟建築的結構，也不會毀損到崩塌的程度。

也就是說，這些炸彈完全是衝著「人」而來，看著樣子這棟人偶屋應該也有設置防止爆炸的安全措施。

雖然不用擔心房子因爆炸而坍塌，但羅本還是沒有覺得自己的處境是安全的。

殺紅眼的兔子男，遠比那些會自由行動的人體模型，還有那不清楚數量的炸彈可怕許多。

「哈啊……真該用根繩子把他跟左牧綁起來才對。」

羅本認真考慮之後得隨身攜帶繩子或鐵鍊，這種情況多來幾次他可承受不住。

他默默將槍背在身後，跨過滿地的人體模型碎片，跟在發怒的兔子男後面，進入光線昏暗的走廊深處。

／

被機械手臂抓入牆中的左牧，一屁股摔進黏答答的溜滑梯，整個人急速下滑。他就像是在坐旋轉滑水道似的，不知道轉了多少圈之後終於來到溜滑梯的出口，但他整個人卻已經狼狽不堪，沒辦法好好判斷方向。

唯一感受到的是，在他來到出口的瞬間，身體急速下墜。

突然向下的重力讓左牧意識到自己根本沒有安全，而是正要墜落到不知名的地方去，瞬間感到背脊發麻，心臟緊張得縮緊。

沒辦法判斷自己會摔到什麼地方，也無法確定高度，種種不安讓左牧冷汗直冒，但這樣的緊張心情卻只短短維持了三秒不到的時間，他就被人從正下方接個正著。

左牧嚇了一跳，因為周圍黑漆漆的所以根本看不清楚抱住他的人是誰，直到聽見對方用無奈的口氣和他說話。

「搞什麼，你怎麼也掉下來了？」

「……是你啊。」

左牧和黑兔面對面抱在一起，坦白講這個姿勢有點尷尬，但現在誰還管得了這麼多。

事發太過突然，能平安無事已經很不錯了，即便近距離盯著黑兔這張明顯對他表現出厭惡的臉看也沒什麼差別。

黑兔把左牧放在地上，鬆開雙手。

他雖然個子矮小，手臂看起來沒有什麼肌肉的樣子，但力氣卻很大，就算抱著左牧也能面不改色。

左牧鬆了口氣，「你也是被抓下來的？」

「嗯，過了門之後就被抓走。」黑兔將手收回口袋，左右查看黑漆漆的周圍，「看來是想用突擊的方式把我們分開，那兩扇門不過是幌子，讓我們以為只是分成左右兩條路而已。」

終於冷靜下來的左牧，看了看四周。

這裡似乎是人偶屋的地下室，只有一條走廊，周圍的房間都是堆疊雜物的倉庫，從空氣品質還有這裡的骯髒程度來看，應該很久沒有人進出。

當一滴滴水聲從頭頂傳來的時候，左牧抬起頭，在兩層樓高的天花板發現溜滑梯的出口，水滴聲也是從那裡傳來的。

黏答答的感覺很討厭，左牧現在覺得渾身不舒服，不過不只是他，黑兔的遭遇也跟他差不多。

至少狼狽不堪的不是只有他，這樣想後左牧心裡稍微好過一點。

「怎麼看都是要想辦法上去對吧？」黑兔仰頭看著天花板之後，回頭說：「後面沒有路，我們只能往前走。」

「嗯。」左牧隨意附和，從口袋裡拿出小型手電筒。

當他「啪」的一聲打開電源，照亮黑兔的臉之後，他就看見黑兔那吃驚的反應，以及寫著「你怎麼會有這種東西」的表情。

「這叫未雨綢繆。」

「哈，好吧。你覺得好就好。」

「難道你不會看不清楚嗎？這裡根本沒什麼光線。」

散發潮溼臭味的地下室，就只有昏暗到隱約能看見物品輪廓的微弱燈光，即便是想打開電燈開關，也沒有任何反應。

他眼睛可沒好到能在這種地方看清楚，跟黑兔這種早就已經習慣生存在黑暗中的人完全相反。

「往前？」

「嗯，總之得先找到上去的方法。」

黑兔詢問完左牧後，才剛打算走在前面帶路，結果天花板就突然連續傳來多聲巨響，那聲音聽起來不像是打鬥，比較像是爆炸。

兩人對看彼此，突然產生不祥的預感。

「我總覺得這爆炸跟那隻兔子有關。」雖然不願意承認，但直覺卻告訴左牧，爆炸的源頭百分之百是兔子男搞的鬼，「看來上面也不怎麼安全。」

「……這裡也是。」

黑兔突然伸手攔住左牧，不讓他繼續前進。

剛開始左牧還沒搞清楚黑兔的意思，直到他聽見前面走廊傳來活動關節的「喀喀喀」聲響。

左牧將手電筒照向聲音來源，正好照出一張沒有五官的臉。

他有點被嚇到，但很快就恢復冷靜，那只是個人體模型——四肢彎曲趴在地上，以詭異姿態往前行走的人體模型。

原本只有一隻，但後方隱隱約約又冒出兩三隻，而且不僅僅只有地面，就連牆壁和天花板也有同樣的人體模型。

它們像是蜘蛛般攀爬在水泥牆上，不斷發出「喀喀」聲，在這陰冷潮溼的昏暗空間裡，頗有幾分恐怖片氣氛。

左牧覺得主辦單位對人偶屋是不是有什麼誤解，這根本就是鬼屋。

像是不打算給他們時間反應，突然其中一隻掛在牆上的人體模型整個彈起後撲向他們，左牧抖了一下身體，但始終冷靜的黑兔卻冷冽地瞇起眼眸，稍稍壓低身軀，將緊握成拳頭的手肘向後收起後，一拳打向前。

「碰。」

就像是被大砲擊中，人體模型的臉瞬間毀掉，身體也以子彈般的速度向後飛回走廊深處，安靜幾秒後才聽見強烈撞擊的聲響。

左牧有點被黑兔的力氣嚇傻，他雖然知道黑兔擅長近戰搏鬥，但沒想到他的拳頭威力有這麼誇張。

在打出一擊後的黑兔，眼角餘光看見左牧的頭頂上有黑影晃動，立刻抓住他的肩膀，把人整個人往下壓，接著抬起腿狠狠踹飛剛從天花板跳下來的人體模型。

這次人體模型完全被擊碎，腹部被踹出一個洞，匡啷啷地攤在地板。其他的人體模型也沒閒著，它們就像是接受到命令，集體對兩人展開攻勢，而且數量也遠比剛開始看到的還要多出許多。

人體模型很快就判斷出左牧是弱點，於是將他視為率先剷除的目標，黑兔當然也發現了這件事。

「這樣下去不是辦法，你閉嘴別亂動，咬到舌頭我可不管。」

黑兔邊說邊把左牧抱起來，腳底抹油，迅速穿過人體模型之間往前衝。

左牧根本來不及拒絕，只感覺到自己像風一樣的飛了起來，那些可怕的人體模型瞬間變成殘影。

黑兔確實不需要手電筒或任何光線輔助，在黑暗中的動態視力好到可怕。

看著黑兔那雙散發厲光的眼眸，以及那毫不遲疑的俐落動作，左牧深深感受到這個小子是「困獸」殺手的事實。

平常過得太安逸，加上有兔子男在的關係，所以不怎麼感覺得出來，但現在來看，黑兔確實不是普通人。

黑兔左閃右躲，高高跳起掠過人體模型，又壓低身體帶著左牧滑壘，輕輕鬆鬆就閃過人體模型的追擊。

人體模型的數量比剛才還多，但全都被黑兔無視了。

黑兔像是知道方向似的往前奔跑，很快地左牧就知道他是在跟著上方傳來的爆炸聲走。

在這種情況下還能清楚分辨出爆炸聲的位置，看樣子黑兔不僅僅只是目視能力強，聽覺也相當準確，換作是他，根本沒辦法確定位置，因為這個地下室太過空曠，很容易產生回音。

最後，黑兔停了下來，但爆炸聲仍在持續著。

他停下來並不是突然無法判斷方向，而是因為前面沒有路。

「喀喀」聲響從後方傳來，緊追在後的人體模型也已經完全占據它們的退路，兩人等於是被卡在死胡同裡，無路可逃。

「哈啊，麻煩死了。」黑兔邊搔頭邊把左牧放下來，「你待在這裡別動。」

「你該不會是想……」

左牧話還沒說完，黑兔就已經獨自衝進人體模型群裡。

伴隨著物品碎裂的脆響聲，三分鐘過後，眼前這些原本看起來極度危險的人體模型就全成為碎片，而黑兔則是輕鬆寫意地拍拍手上的灰塵，踩在人體模型的屁股上面，自豪地勾起嘴角。

「和這種東西打真沒勁。」

平常習慣和人搏鬥、享受雙手碰觸鮮血滋味的黑兔，根本沒把這些人體模型放在眼裡。

左牧走過去，看著這些壞掉的人體模型，用手電筒照了一下。

人。

這些人體模型並不是純粹的塑膠品，而是機械，他實在沒想到黑兔竟然能徒手對付機器人。

但，重點並不是在這些人體模型的製造方式上，而是頸部後方的一個小開口。

左牧打開它，取出裡面的圓形晶片查看後，皺緊眉頭。

「看來主辦單位是用這東西來控制它們的。」

「晶片？我對那種東西不太了解。」黑兔雙手環胸，歪頭盯著它看。

他雖然很會打架跟殺人，但這種高科技的東西完全不在他的理解範圍內。

「之後問謝良安就好，不過我們得小心點，因為這次要面對的危險恐怕不只有被藥品改造的怪物，還有用晶片操控的機器人。」

這種東西在之前那座島上並沒有看見，大概是這次的樂園獨有的遊戲設計。

他把晶片扔到地上，狠狠踩爛後，抬起頭聽著從天花板傳來的爆炸聲說：「得盡快找路上去，我總覺得兔子快把樓上炸光了。」

「多虧他那樣亂來我才能確認位置。」黑兔指著天花板，「你不用太擔心，那裡有個洞，應該能順著爬回樓上。」

左牧往黑兔手指的方向拿起手電筒照過去，確實發現天花板有個缺口，但怎麼看都不像是出口的樣子。

「你確定那裡能走？」

「我說可以就是可以。」黑兔抓住左牧的手腕，並放到自己的肩膀上去，「你只要牢牢抓著我，別鬆手就好。」

左牧對他說的話半信半疑，但想到黑兔的力道和移動速度，就覺得這傢伙確實能夠做得到。

他不想待在這地方太長時間，於是點頭同意了黑兔的提議。

「知道了。」左牧雙手環上黑兔的脖子，緊扒住不放，「我們走。」

黑兔笑嘻嘻地捧起左牧的腰，讓他轉過身掛在自己的背後，接著踏著牆壁迅速往上爬，輕而易舉地鑽進天花板的洞裡。

當黑兔帶著左牧回到地面上的時候，人偶屋不知道為什麼已經變得殘破不堪，到處都是被炸過的痕跡，還有堆積如山的人體模型碎片。

他們是從類似通風口的地方爬出來的，剛開始黑兔還以為得靠蠻力往上爬，但進入管道內之後卻發現有可以抓的扶手，而且一直往上延伸。

結果最後就跑到這裡來了。

坦白講，左牧沒想到人偶屋會變成這樣，當他覺得頭頂涼颼颼的時候，才注意到連天花板都被炸出個洞來。

「我說黑兔，這該不會都是……」

「十之八九是他搞出來的吧。」

黑兔連忙把左牧放下來，要是在這種情況下被兔子男知道他抱著左牧，肯定會被打死。

可惜事與願違，他才剛鬆開手，就感覺到冷冽的氣息從背後傳來，如同千萬根細針般插進他的脊椎裡。

還沒來得及轉身或開口解釋，黑兔就先被令人窒息的殺氣嚇得冒出冷汗，感受到性命危險的他完全靠直覺迅速跳離原位，而就在那之後不到一秒鐘的時間，兔子男低頭將刀狠插入地面。

「啊！媽的……」

黑兔十分慶幸自己閃得快，因為害怕，連髒話都忍不住脫口而出。

兔子男瞬間抬起頭，拔起插入地面的軍刀，作勢又要砍向黑兔。

黑兔眼明手快，立刻躲到左牧身後去，原本是想著左牧在的話兔子男至少會乖一點，沒想到他的眼神變得更加猙獰可怕。

兔子男垂下無力的雙手，緊握手裡的軍刀，看著他的手筋快要從皮膚底下爆裂出來，就可以明白他現在已經快氣到瘋掉。

雖然左牧不是很擔心兔子男會傷害自己，但這壓迫感真不是蓋的，連他都差點腿軟。

「兔子。」左牧大步走過去，站在距離兔子男的腳趾前對他說：「冷靜點，我沒事。」

兔子男的眼神一點笑意也沒有，即便是左牧，也還是不由自主地感到害怕。

這種感覺真是久違了，說實在話，他明明是被害者，怎麼搞得像是出軌被發現似的樣子。

左牧尷尬地摳摳臉頰，原本還想說點什麼，卻突然被兔子男緊緊抱住。

「呃！要吐……」

不懂控制力道的兔子男，像是要把他的內臟擠出來，說什麼也不放手。

他把臉埋進左牧的鎖骨，一句不吭，動也不動，就這樣尷尬的氣氛維持了很長一段時間，直到姍姍來遲的羅本終於出現為止。

起先羅本看到這個修羅場之後，是打算馬上離開的，但黑兔卻撲過來把他攔住，就連左牧也臉色鐵青地對他投以求救目光，結果逼得他不得不面對現實。

「唉，真是麻煩。」羅本搔搔頭之後，果斷說道：「總而言之，我們先出去吧？」

羅本指向掛著「出口」二字的門，這時左牧和黑兔才意識到，原來出口就在眼前。都是因為兔子男的關係，搞得他們根本沒看見這扇門的存在。

「喂，要出去了。」左牧忍痛拍拍兔子男的背說道，雖然兔子男沒有要鬆手的意思，但至少能讓他自行走動。

於是四人離開人偶屋，同時也在出口的地方看到有台發號碼牌的機器。

機器吐出兩張票，票券是長方形的，很像是電玩中心的彩票。

「這該不會就是通行證？」羅本從票口拔出這兩張彩票後，遞給左牧。

左牧看了看之後還給羅本，羅本果斷收在自己的腰包裡。

「看來通行證不能只蒐集個幾張就好。」

「我跟你想法一樣，要不要考慮分開行動？」

「最好不要，像人偶屋這樣有奇怪機關的遊樂設施不知道有多少，雖然麻煩點，但我們還是一起行動比較好。」左牧看見羅本煩躁的表情後，繼續對他說：「不用著急，我們才剛來第一天，後面有的是時間。」

「……既然你都這麼說了，那麼我也會尊重你的意思。」

「很好，那麼首先——你跟黑兔回入口去把謝良安帶過來。」

左牧指著人偶屋的正門，很顯然是想先把兩人支開。

黑兔和羅本對看彼此後，二話不說立刻去找謝良安，兔子男就交給左牧處理，他們兩個可沒辦法應付這傢伙。

兩人走後，左牧輕輕拍著環在脖子上的手臂，苦笑道：「你能放手了沒？」

兔子男仍舊沒有說話，手也沒有要鬆開的意思。

左牧無奈嘆氣，他可以理解兔子男因為他突然之間從自己眼前消失不見而感到慌張，但以前的他態度明明沒有那麼誇張，比現在更從容一點，可是現在卻很明顯有些不同。

「……你怎麼了？有點奇怪。」

這個問題有一點不太對，因為兔子男本來就沒有正常到哪去，但他想問的是兔子男比平常更怪的原因。

兔子男沒有回答，仍整個人掛在左牧的背後，胸口緊貼著他的背，不肯離開，但他卻悄悄地抬起眼眸，注視著不遠處的遊樂設施。

在陰暗的建築物旁邊，似乎隱約能看見有個人的輪廓，而對方也發現兔子男正在看著自己，當機立斷選擇離開。

感受不到對方的氣息後，兔子男再次垂眼盯著左牧的後腦杓，輕輕磨蹭。

「啊！別這樣，會禿啦！」

左牧煩躁地抱怨，但兔子男卻沒停下來。

直到羅本把謝良安帶回來為止，他都一直沒有鬆開那雙抱住左牧的手。

／

第一天的入園行程，其實沒有想像中困難，倒不如說「通行證」取得的方式比想像中簡單許多，雖說遊樂設施和一般認知有很大的落差，不過並不算困難。

比起玩到一半突然跑出怪物，或是機器故障毀損的情況，左牧比較在意之前程睿翰所說的那些ＶＩＰ玩家。

整天結束下來，他並沒有遇到這些玩家，倒是普通玩家見到不少。

玩家之間會互相交流，雖說對彼此都有戒心，但至少比那些不可靠的遊樂設施安全，有時候也會以「通行證」來做為情報交換的籌碼，所以靠著三個得力助手取得不少「通行證」的左牧，也不吝嗇地以它和其他玩家購買情報。

當閉園廣播聲響起，並播放著令人心裡發寒的水晶音樂時，左牧等人也已經走出樂園大門，往港口的住宅前進。

他們賺了不少「通行證」，但幾乎都做為報酬拿去交換情報，黑兔覺得左牧的行為很愚蠢，但羅本卻持相反意見，兩人為此進行了十分激烈的辯論。

雖然基本上都是羅本占上風，但黑兔最後決定用冷戰來表達自己的不滿。

已經很疲倦的謝良安並沒有參與遊戲，可是心靈卻十分疲勞，導致精神不濟。回到港口的住宅後，謝良安就早早回到房間休息，羅本和黑兔則是像回到自己家，一個悠哉地去準備晚餐，一個則是像灘爛泥巴，賴在沙發上看電視。

左牧稍微看了一下這棟住宅，雖說沒有「巢」高級，面積也不大，但這種獨棟別墅住起來的感覺卻很舒服。

他輕輕嘆口氣，或許是因為不是第一次的關係，左牧居然覺得這樣的生活模式有點讓人懷念——包括那隻掛在他身後，整天都沒放開手的兔子男。

從人偶屋離開後，兔子男就一直維持著無尾熊的姿勢貼在他背後，沉甸甸的重量讓左牧有點受不了，但是又沒有推開他的力氣，結果就是後面的遊樂設施基本都是黑兔和羅本去玩，他只有負責保管「通行證」的作用。

因為閒得發慌，左牧才會注意到有人利用「通行證」進行交易的方式，所以後半段的時間他就開始花掉黑兔跟羅本辛苦賺來的「通行證」。

是很傷沒錯，但收穫不少。

他現在已經大概可以掌握這座島以及這個遊戲的整體情況了，而他所蒐集到的情報再加上之前程睿翰對他說的話，讓他更加確定主辦單位的目的是什麼。

對他來說，是賺的，反正並沒有限定時間，只要取得五個島主徽章就好。不過，在這之前，他得先把掛在背後的兔子男給弄下來才行。

「羅本，我帶兔子回房間，飯做好了叫我。」

「知道了，記得先去洗個手，沒洗澡前別躺上床。」

「……你真的是不管到哪裡都不會忘記嘮叨耶。」

「再吵就吃醬油拌飯。」

左牧乖乖閉嘴，因為他已經看到羅本從冰箱裡拿出漂亮的A5牛肉，準備做大餐，這麼高級的美食他絕對不會錯過。

一樓和二樓各有兩間臥房，雖然都是單人床，但可以勉強睡下兩個人。

左牧艱難地爬上樓梯，來到走廊盡頭、面向大海的陽台臥室。

關上門之後，左牧用威脅的口吻對兔子男說：「你夠了，給我鬆手。再不照做我就命令你明天去保護謝良安！」

這句話剛開始並沒有被兔子男理會，但這次卻特別有用。

兔子男終於聽話地放開手，可是他整個人卻直接面朝下躺在地上，動也不動，就像是在鬧脾氣。

「我說過很多次，人偶屋那個時候是個意外，就算是你也不可能反應得過來。所以你別再給我擺出那副樣子，讓人看得很煩躁。」

兔子男完全沒有反應，一動也不動，感覺連呼吸也停止。

左牧並不擔心，他雙手環胸，表情不屑地踩在兔子男的屁股上。

「別裝可憐，我不會心軟的。今天就算了，明天你得給我賺回兩倍的『通行證』知道沒？」

他不管兔子男有沒有在聽，直接走到電視機前面，打開電視。

電視機並沒有出現任何頻道，取而代之的是各種APP程式，左牧很快就在裡面找到有著詭異小丑圖樣的APP。

點開後，電視先發出詭譎的音效，接著出現「絕望樂園」字樣。

這裡面是專屬於他們隊伍的目前資訊，同時也有標註其他隊伍的位置和基本情報，不過對於蒐集徽章並沒有什麼多大的用處就是了。

光看名字，左牧也不可能分得出誰是VIP玩家，誰是普通玩家。

他打開這個APP，並不是要看其他玩家的情報，而是要看各個群島的「通行證」數量。

沒錯，群島所需要的「通行證」數量都不一樣，而且這個數字還會隨著時間浮動，並沒有一個肯定的數字。

即便你持有足夠的「通行證」，到了現場後也有可能因為數量不足而無法登島，所以他們在累積到足夠的「通行證」之前，不能隨便離開主島。

鏡片底下的雙眸緊緊盯著螢幕顯示出的浮動字數，就像是在看股票，數字跳動的速度雖不快，但也不算慢。

在羅本煮好飯之前，左牧始終沒有將目光從螢幕上挪開。

／

隔天，從別墅出發前左牧先把所有人找過來，直接說明自己的計畫。

「兩個禮拜。」雙手抱胸站在客廳中央的左牧，開口就是直接決定時間，「這段時間我們先累積足夠的『通行證』，再來決定要怎麼攻略其他群島取得島主徽章。」

所有人都沒有異議，而謝良安則是忐忑不安地看著所有人，一句話都不敢說。

「簡單說起來，現在最重要的不是島主徽章，而是先累積足夠的『通行證』，那東西在這個遊戲裡等同於錢的存在。」左牧邊解釋邊說：「每座群島最少都得用上十張左右的通行證，再加上我需要準備備用，所以我預計兩週內要累積五百張左右。」

「五、五百張？」謝良安很驚訝的看著左牧，因為他覺得兩週要取得五百張通行證根本是不可能的事。

他們第一天也不過才拿到二十多張，而且這些通行證全都拿去讓左牧交換情報，而且看左牧的意思，他並不打算把所有「通行證」拿來登島。

但是，和謝良安擔憂的不同，另外三人倒是沒有什麼太大的反應，甚至連反對的意思也沒有，全權接受左牧的指揮。

左牧看了謝良安一眼，「樂園有個地方是只有隊長能夠進出的休息區，那裡是絕對安全的，你從今天開始就待在那，哪都別去，也不用管任何事。」

「你、你的意思是要把我排除在外？」

「因為你在的話很明顯會拖累我們的行動，『通行證』由我們來處理就好，你什麼都不用擔心。閉園前我們會去找你。」

「哈……你是說真的嗎？萬一你們死了的話……」

「那你也就不用想活著離開這裡了。」左牧接著笑道：「但你不用在意，因為不會發生這種事。你就安心地待在那等我們，如果有人來接近你，絕對不要搭理，要是你又被抓走或是趁我們在忙的時候捲入什麼麻煩，我就不會再讓你自由行動。」

謝良安覺得可笑，左牧聽上去像是在威脅他，但實際上根本沒辦法對他做什麼，更何況隊長的死活攸關隊員的性命，他不可能放任他不管，最後還是得把他留在身邊一起行動。

左牧看出謝良安的想法，勾起嘴角冷笑。

「我有的是辦法讓你安全又不會影響我們。」他瞇著眼，口吻嚴肅，「我大可讓你昏迷一整天醒不過來，或是把你關在某個其他人絕對找不到的地方，只要我想，絕對會有能撇除你，又可以讓我們安心移動的方案，不過我並不想做得這麼絕，你懂吧？」

謝良安冷汗直冒。

左牧的態度很明顯不是在跟他開玩笑，他是真的打算這麼做。

最後謝良安不敢再開口多嘴，就怕左牧真的把他抓去山裡埋了。

事實上，這也是左牧的其中一個選項，但看在謝良安乖巧聽話的分上，決定還是不要說出來嚇唬他，給人留點面子。

「羅本、黑兔，你們兩個分開行動，去蒐集小型遊樂設施的通行證。大型的我跟兔子來負責。」

像是咖啡杯、旋轉木馬這類小型遊樂設施，雖然一次只能取得一張通行證，但因為遊玩難度很低的關係，所以滿受玩家青睞，然而這些小型遊樂設施開放遊玩的次數卻很少，一天下來只有五次，而且名額不多，所以會上演玩家互搶的場面。

小型遊樂設施沒有先來後到的道理，因此玩家們都會搶那數量稀少的位置，雖然不是面對怪物或其他危險，但玩家之間的廝殺也不容小覷。

至於大型遊樂設施就像是昨天的「人偶屋」，雖然遊玩費時，但不限人數和開放時間限制，唯一的缺點就是每個玩家一天只有一次遊玩的機會。

不過左牧讓羅本和黑兔單獨行動，由自己來負責費時的遊樂設施，最主要的理由並不是出於這些考量，只是單純因為他不擅長搭乘型的遊樂設施罷了。

當然，知道這點的羅本並沒有當面吐槽，好心替左牧保留尊嚴。

「知道了。」

羅本冷靜的回應，同樣看穿左牧想法的黑兔則是嘻嘻笑著。

不跟兔子男一起行動才好，這樣正合他意。

當左牧一臉認真地在說明時，兔子男仍寸步不離地站在左牧身後，昨天還可以說是像無尾熊那樣，但今天已經完全變成背後靈，坦白說有點嚇人。

黑兔打死也不想跟這種狀態下的兔子男一起行動。

「謝良安，到時候黑兔會負責帶你到隊長休息區，我們進去後就直接分開行動，因為時間有限所以這樣比較快，你沒問題吧？」

哈！開什麼玩笑，就算有問題他也不可能說得出口。

謝良安在心裡苦笑三聲後，乖乖開口回答：「我知道了……」

「好。」左牧看了一眼牆上的時鐘，「時間也差不多了，準備一下，三分鐘後出發。」

他拍拍手催促其他人行動，除兔子男之外三人立刻起身去做準備。

左牧從口袋裡拿出園區地圖，看著被自己畫到亂七八糟的圖紙對兔子男說：「今天我至少想過三個，你能做到吧？」

兔子男點點頭，看起來頗有自信。

左牧知道兔子男做得到，只不過他對於這間絕望樂園，還存在些許疑慮。

另外還有件比較頭痛的事，是他有點擔心的，但得看今天的情況才能判斷對他們會不會造成危害。

總之，現在專心把「通行證」賺到手在說。

其他事情暫時不要去思考，免得心煩。

絕望樂園每日開園時間只有八個小時，扣除掉園區內可能遭遇的危險以及準備期間消耗的時間，真正能玩遊戲的時間只有七小時左右，而且加上小型遊樂設施每天只最多只有五個梯次，選擇取得機率較高的遊樂設施也會成為關鍵重點。

實力不強的隊伍，一天能最多能取得五至六張左右，實力稍強的話一天下來至少可以拿到十張以上，甚至更多的「通行證」，但再怎麼樣這樣的蒐集速度還是很慢的。

雖說群島登島花費的「通行證」，最少需要十張，可是真正能用十張登島的群島卻只有三個，其他都至少需要百張以上。

在登島前，玩家無法得知群島的難易度和島上的遊樂設施是什麼，唯一有的情報就只有登島需要花費的「通行證」數量。

面對資訊不足的情況下，某些登島過的隊伍就會顯得特別有利。

因為他們可以將這些情報作為交換條件，讓其他隊伍拿「通行證」來換。

左牧並不想浪費多餘的時間，所以選擇先累積最重要的資金——也就是「通行證」，至於群島的問題，他覺得並不會比「通行證」棘手。

比較令他在意的是，說要協助他的程睿翰到底抱持什麼目的，另外就是不確定什麼時候會遇到其他ＶＩＰ玩家。

把謝良安留在隊長專屬的休息區，除了認為他會拖累其他人之外，還有就是那裡對現在的謝良安來說，絕對安全。

主辦單位絕對不會輕易違反自己設下的規定，因為這樣在「觀看」上反而會不夠有趣，並且很有可能會影響會員們的興致。

那些傢伙是商人，最基本的商人心態都是顧客至上，他們顧慮的並不是會員們的心情，而是他們荷包裡的錢。

把最麻煩的拖油瓶甩開之後，剩下的人就更能專心於蒐集「通行證」這件事情上，反正他們幾個都不覺得謝良安能幫上什麼忙。

之前從「人偶屋」把人帶出來的時候，謝良安就已經害怕到腿軟、差點走不動，要不是後來選擇分開行動，他們根本沒辦法在第一天拿到那麼多「通行證」。

只不過，兔子男也沒好到哪去就是了，昨天的他根本和謝良安是半斤八兩，沒有任何幫助。

「兔子，你今天得給我好好幹聽見沒？」

兔子男乖巧點頭，看起來心情已經比昨天要好很多。

左牧嘆了口氣之後，走出別墅。

「今天沒蒐集到三十張，你就給我滾去跟羅本睡。」

這句話讓剛來會合的羅本嚇得臉色鐵青，但左牧卻沒有要收回命令的意思。

羅本冷汗直冒，只覺得自己有夠倒楣。

要是兔子男真跟他睡，他怕是會整夜失眠。

看來該認真拿「通行證」的不是兔子男，而是他才對。

／

事情並沒有如左牧想像得順利。

第二天下來的結果，比前一天組隊玩遊樂設施時得到的「通行證」數量還少，左牧對這個結果並沒有感到很意外，反倒是兔子男不開心。

他們這天的收穫只有二十張，這表示他今天得和羅本睡。

羅本當然不願意，寧願讓出房間給兔子男一個人睡，但固執的兔子男卻忠於左牧的命令，跟著羅本到客廳打地鋪，於是演變成這天晚上有三個人睡客廳。

接著後面的第二、三天，「通行證」數量雖然稍微多了點，但仍沒有打破三十大關，直到第四天才終於取得了三十二張。

兔子男感動萬分，二話不說當天晚上直接衝進左牧房間裡賴著不走，左牧對兔子男的行為沒有任何興趣，反倒是坐在書桌旁的椅子上，翹著二郎腿觀察遊樂園的APP資料。

這幾天下來，左牧觀察並確認了一件事。

小型遊樂設施雖然是最快也是最好蒐集「通行證」的選擇，但大部分都已經被玩家獨占，而且這些玩家之間互有合作關係，這讓落單的羅本和黑兔很難從小型遊樂設施拿到「通行證」。

至於大型遊樂設施，基本順利闖關的話都會有至少五張左右的「通行證」，但花費時間長，設施也不多，所以相對來說不划算。

最重要的是，如果破壞遊樂設施的話，系統會做出判斷並扣除過關後的「通行證」數量，這就是為什麼他們只從「人偶屋」拿到兩張「通行證」的原因。

遊樂設施只有「通關」這個選項，因為「未通關」的玩家，基本不可能活著從大型遊樂設施裡走出來。

「以這速度要在剩下時間內拚到五百張，是不是有點難度？」

左牧轉頭看著出現在門口的羅本，勾起嘴角。

「……不，我有其他辦法。說什麼也得在十四天內蒐集完。」

羅本看著左牧自信滿滿的態度，大概可以想像自己後面肯定沒好日子可過，但他也已經習慣被左牧呼來喚去，跟這個人一起行動，永遠都不可能有安穩的一天。

「理由是什麼？」

「時間。」左牧果斷回答，「我們要比其他ＶＩＰ玩家更快蒐集到足夠的『通行證』，之後剩下的時間只要專心攻略群島，拿到島主徽章就好。」

「沒必要這麼趕吧？你看起來就像是被某種東西追著跑。」

「不是『東西』，而是『人』。」左牧壓低雙眸，邊摸著下巴邊說：「其他玩家沒有這種壓力，但我們的情況不同，那些VIP玩家絕對不會放過我們，肯定會干擾我們，到時候得分心處理那些傢伙，還得蒐集『通行證』，兩頭燒只會讓我們的情況變得更不利。」

羅本攤手道：「那些傢伙到現在連個影子都沒有，就連說要幫忙的那三個傢伙也都沒連絡，我倒覺得我們很像是被耍了。」

「你沒想過其他VIP玩家這段時間都沒跟我們接觸，會不會是因為程睿翰從中插手的原因？」

「是有想過這個可能性，但，我不相信那個姓程的。」

「你對他成見真深，你們之間是不是有什麼其他過節？」

「……沒有。」

羅本並沒有立刻否定，而是先停三秒左右才回答，這態度讓左牧更懷疑他在說謊了，不過他也沒打算追問。

即便現在是同伴，甚至同居一段時間，但羅本跟他之間的關係並沒有好到能談這些話題的程度。

羅本很快就離開房間，一是不想再被左牧追問，二是從床上爬起來的兔子男正眼神凶惡地瞪著自己。

已經連續三天沒辦法和左牧同床共枕的他，看上去壓力大到破表，他還是別在左牧附近晃比較安全。

沒有其他想法的左牧，已經開始計算之後的安排。

目前他們手邊只有一百多張「通行證」，這樣下去累積速度太慢。

「再觀察兩天看看嗎……」

因為還有時間，所以左牧並不打算拿出最後的手段。

隔天，左牧稍稍改變了做法。

他們捨棄小型遊樂設施，分成兩組去攻略大型遊樂設施，而且盡可能挑沒人想去的那種。

黑兔跟羅本之間的默契還算不錯，所以左牧並不擔心他們會出狀況，倒是兔子男這邊，他今天說什麼也得要他留意，別再破壞遊樂設施。

兩天下來，雖然蒐集張數的速度很穩定，也都至少有三十張以上，但對左牧來說仍然還是慢。

原本打算在第七天要突破兩百張總數的左牧，卻在進入樂園的時遇上麻煩。

五六組隊伍不知道出於什麼原因，像是知道他們進入樂園的時間點似的，出現在他們幾個人面前，而且態度明顯不是很友善。

不知道是不是這幾天過得太安逸，謝良安很明顯有些慌張，但其他人卻沒有太大的反應，黑兔甚至嘴裡嚼著泡泡糖，戴上連帽外套的帽子，輕鬆地哼著歌。

左牧很快用眼神掃過這群人的臉之後，開口詢問：「找我們有什麼事？」

這些人沒有回答，反而開始拿出武器。

見狀，兔子男立刻眼神猙獰瞪著所有人，迅速將左牧護到身後，黑兔和羅本也各自拿出武器做好準備，就只有謝良安仍不知所措，沒跟上事情發展。

左牧皺緊眉頭，「……看來是不打算好好說話了。」

兔子男似乎已經有些按捺不住，隨時都能衝出去，於是左牧便對他下令。

「留下兩三個就好，其他人隨便你處置，但不許殺人。」

得到左牧允許的兔子，就像是掙脫項圈的瘋狗，在他話語剛畫上句點的同時向前蹬出步伐，眨眼速度便已經鑽進這群人之中。

所有人都沒看見兔子男的身影，回過神來的時候才發現他已經在自己身旁。

當第一張因為見到兔子男的速度而露出驚訝表情的臉，被兔子男橫掃過來的軍刀劃破雙眼眼珠的瞬間，所有人從驚訝變成了慌張，並迅速和兔子男保持距離。

幾發子彈連續射中他們撤退的路線，像威嚇般擺明不允許他們逃跑。

開槍的人是羅本，他難得拿著點發式手槍而不是狙擊槍，即便槍枝不同，但槍法仍準得可怕。

那些原本頗有氣勢、打算靠人多來對付他們的玩家們，臉都綠了。

他們本能的意識到這群人不好惹，幾個人立刻拋棄武器逃跑，但很快就被黑兔追上並狠狠踩在腳下。

「想逃去哪？大叔。」黑兔蹲下身，在對方耳邊輕聲細語，「這可是你們自己先找上門來的。」

說完黑兔便起身，並高高抬起腳，用力往下踩。

骨頭裂開的脆響伴隨著男人痛苦的悲鳴，讓在場其他人嚇到說不出話。

「小心點，別誤殺到隊長。」羅本不忘大聲提醒，黑兔輕輕鬆鬆地將身體向後仰，調皮回答：「放心放心，我沒那麼愚蠢。反正規定是不能殺隊長，但沒說不能把人打成重傷對吧？」

黑兔並沒有那麼衝動，也沒忘記遊戲規則。

「左牧先生剛才說過不許殺人，不也是因為這個煩人的規定？」

「……原來你還記得規矩。」

「哈！別小看我。我可是很聰明的。」

黑兔說完，繼續衝向其他人，並接二連三地徒手將這些人的四肢折斷。

他的動作非常俐落，就好像對人體關節了解透徹，知道怎麼做能夠最快讓人的四肢被破壞，也知道怎麼做能讓人痛苦至極但不會死亡。

看著兩隻兔子用不同方式獵殺這群玩家，羅本慢慢放下手中的槍苦笑。

「該說真不愧是『困獸』嗎……強得跟怪物一樣。」

這點左牧深感認同，他也是因為知道雙方間實力的懸殊，才特別要求這兩個人別鬧出人命來。

在這單方面的屠宰結束後，兔子男拖著一個男人回到左牧面前。

黑兔拍拍手，一副像是剛幹完大事的模樣，也許是太久沒這樣活動筋骨，臉上表情特別放鬆。

他回到羅本身邊的時候，謝良安忍不住偷偷往後退兩步，與他保持微妙的距離，羅本只是靜靜看著臉色蒼白的謝良安，沒說什麼。

男人鼻青臉腫，嘴裡牙齒甚至掉了幾顆，不斷顫抖，左牧單純往前走幾步都能把他嚇得半死。

左牧蹲下來，歪頭詢問男人：「誰要你們來埋伏我們的？」

男人渾身顫抖，連話都沒辦法好好說出口，看到左牧的臉之後臉色突然刷白。

「不……不是……這跟說好的不……不一樣……」

這個人似乎受到不小的驚嚇，左牧很清楚，讓他這麼害怕的原因並不是自己，而是站在他身後的兔子男。

看著近在眼前的左牧，男人突然咬緊牙根，從綁在腿上的皮套裡抽出短刀，往左牧的臉刺下去。

左牧瞪大眼，在這個距離和速度下，已經沒有辦法閃躲，但才剛產生不妙的念頭，下個瞬間他就看見男人的手被狠狠踩在腳下，手掌壓扁、手指呈現紫黑色的扭曲狀態。

第一時間男人沒有反應過來，等幾秒鐘之後才開始放聲慘叫。

左牧還沒回神，就被人用手臂圈住脖子往後拉過去。

他看著身後的黑兔，再回頭看著全身散發黑色氣息，狠狠踩住那個男人的手，眼珠因憤怒而布滿血絲的兔子男，這才明白剛才到底發生什麼事。

左牧原本想開口阻止兔子男，但沒想到不知道從哪射過來的子彈直接打穿男人的頭顱。

哀號聲停止，男人也瞬間失去呼吸心跳，不再掙扎。

羅本警覺地抬頭張望四周，瞇起眼，表情相當恐怖。

剛才那個是狙擊，但這個地方太多能夠作為狙擊的位置，很難判斷對方是從哪開槍的。這發子彈很顯然只是為了「殺死」那個男人，不是衝著他們而來。

兔子男飛快衝到左牧身邊，緊緊抱住他，黑兔也識相地鬆開手，絕對不跟兔子男搶東西。

左牧還有些混亂，此刻他的腦袋運轉速度比任何人都快。

再安靜幾秒鐘之後，他開口對所有人說：「……回去，現在立刻回港口別墅。」

那個男人會這麼爽快地被殺死，很顯然他並不是「隊長」，很有可能來攔截他們的這些玩家之中全都沒有「隊長」，因為他們很清楚他不會在身分模糊的情況下隨便殺掉敵人。

這些玩家全都是一伙的，而且是出於同樣的理由聚集在他們面前，這讓左牧有種不祥的預感。

直覺告訴他，最好別踏入樂園，至少今天不行。

那些被他遺忘的危險，已經開始慢慢逼近他們，而這很有可能就是那些暫時沒被他考慮進來的ＶＩＰ玩家們的計畫。

若是這樣的話——那他也不得不好好想辦法應對了。

兔子男帶著左牧先行離開，而謝良安也緊跟在兩人身後，雖然有點追不上兔子男的速度，但他仍拚命跟著。

黑兔原本也想走，但他卻看見羅本靠近那個被爆頭的男人屍體，便好奇地湊過去看看他想做什麼。

羅本絲毫不在意地碰觸屍體的態度，令黑兔好奇地問：「你不擔心狙擊手還在附近盯著這裡看？」

「放心好了。就算那傢伙在，也不會開槍。」

「哈哈！你哪來的自信？難道你知道對方是誰？」

「我沒神通廣大到那種地步。」羅本朝黑兔翻了個白眼，「要是對方想開槍射殺我們，早就開槍了，不可能放我們離開。」

正因為是同行，所以羅本非常了解對方的心態。只是他有點懷疑，他們現在入園時間也不過是開園後大約十至十五分鐘左右，但這名狙擊手卻能早早就到達狙擊地點並做好準備，怎麼想都令人懷疑。

再加上，這群玩家早早就持有武器並埋伏在這裡等待他們的事也很奇怪，就好像所有事情都在他們不知道的情況下準備好，只差等他們落入陷阱。

怎麼想都不對勁。

不過，他都能想到的事，左牧肯定也已經察覺到。

因為一直沒有被其他玩家這樣暗殺，所以羅本甚至因為這種安逸感而失去警覺心，換作平常的話，他肯定會發現狙擊手的存在。

他檢查完子彈的射入方向後，抬起頭尋找附近的狙擊點位置，並很快確定對方是從哪個地方開槍射殺男人。

從傷口他可以大概判斷子彈的種類，再加上商店裡的所有狙擊槍枝他都確認過，所以很容易就能知道對方使用的槍枝跟子彈。

距離、高度、風速以及位置——對方並不是能跟他相提並論的狙擊手，但在這種情況下，即便狙擊能力沒有他好也能夠輕易擊殺目標。

「走了。」

「欸，等等我！」

黑兔小跑步跟在羅本身後，雙手枕在後腦杓上，輕鬆吹著口哨。

想起剛才兔子男在見到男人被狙擊後，眼神突然變得恐慌不安，他就忍不住想笑出來。

哎呀——真沒想到他居然有天能見到兔子男露出那種眼神，如果他沒戴著防毒面具的話，就可以看清楚他的表情了。

這樣想想還真的稍微有點可惜，不過他並不希望這件事再發生一次。

因為剛才的兔子男，恐怖到像是要將所有人全部咬死，要不是他先衝過去把左牧拉開，兔子男的情況可能會變得更危險。

那可不是什麼親切可愛的小兔子，而是披著兔皮的狼。

回到港口別墅前的兔子男，在踏入別墅範圍內之前停下了腳步。

他像是察覺到什麼似的，皺緊眉頭，凶神惡煞地盯著前方。

兔子男通常擺出這種表情的時候，就表示眼前出現麻煩事，而且還是他最討厭的那種。

他們在離開前就已經繳回所有武器，現在可說是赤手空拳，沒有任何反擊能力，一想到剛才被埋伏的情況後，左牧不得不往最糟糕的方向思考。

側眼偷看兔子男的表情，發現他的臉色比剛才還要可怕，左牧也忍不住緊張起來，剛才在歸還防毒面具時，兔子男剛脫下後露出的臉，簡直是冰冷到讓人不敢和他搭話，要不是知道兔子男不會對自己做什麼，左牧也不敢待在他身邊。

「呼、哈啊……」好不容易追上兩人的謝良安，滿頭大汗、氣都快喘不上來，看起來像是隨時都有可能會昏倒的樣子。

他邊用手背擦汗，邊看著裹足不前的兩人問：「你們怎麼了？不是要回去？」

「是要回去沒錯。」左牧拍拍兔子男的背，往前跨出步伐。

兔子男急忙抓住左牧的手腕，看表情似乎還想說些什麼，但左牧卻面無表情地搖搖頭。

謝良安很緊張地觀察兩人的反應，猛嚥口水，為什麼現在感覺起來就像是暴風雨前的寧靜，明明他們才剛遠離危險。

心裡雖然害怕，但謝良安還是緊跟著兩人。

左牧剛進入屋內就感覺到有種很壓抑的氣氛，接著就和坐在客廳的不速之客對上眼。

看清楚對方是誰之後，左牧大概明白為什麼兔子男的表情會這麼可怕了。

「好久不見。」笑著向他搭話的男人，翹著二郎腿，面前桌上擺放著各種美食以及飲料，好像他才是這棟房子的主人似的。

對方只有帶兩個人在身邊，看上去人數是他們占上風，但左牧才不相信這男人只會帶這點人保護自己。

不知道是不是錯覺，男人帶來的那兩個人，散發出的氣氛感覺有點熟悉，而且在看見兔子男出現的瞬間，他們的表情明顯有些變化。

不是害怕，是警戒。

左牧不清楚對方來意，但是並沒有表現出畏縮的態度，也沒有要坐下和對方喝茶聊天的意思，再說，兔子男看起來快要衝過去殺人的樣子，就連剛進門的謝良安也都立刻躲起來，連根頭髮都看不見。

面對這尷尬的情況，左牧也只能靠自己了。

於是他開口直接切入重點，質問對方：「你早就知道那些ＶＩＰ玩家今天在樂園埋伏我們？」

「是，我知道。」

「該死……程睿翰，我還以為我們是合作關係？難道這種事不該事先告訴我嗎！」

程睿翰笑得很開心，完全沒有心虛或是不好意思的態度，讓左牧覺得自己的拳頭硬到不行，真的很想一拳打爆那張囂張的臉。

「哈！你是來討打的對吧？」

左牧煩躁地撩起瀏海，眼中滿是不屑。

「當然不是。」程睿翰的視線飄向兔子男，從對方散發出的氣氛感覺到自己不該再繼續欺負左牧，便直接了當地說：「那些ＶＩＰ玩家安排的計畫可不只有這樣而已，我勸你最好以後別想入園蒐集『通行證』了。」

左牧一愣，頭又變得更痛。

雖然他早就料到會有這一天，但是現實情況比他想得更快。

原本預估至少還有兩個禮拜的時間能放心蒐集，看來是他把事情想得太簡單。

「那些傢伙為什麼要挑這個時候？明明之前一點要行動的意思都沒有。」

「誰知道。」

程睿翰笑得很開心，置身事外的態度讓左牧又忍不住想發脾氣。

這傢伙根本不是來好心提醒或是幫忙，倒不如說是來看好戲的局外人。

「哈！還說什麼覺得我死掉會很可惜，我看根本不是那樣吧？」

「別生氣，所以說我這不是出現了嗎？」

「……所以你到底打算說什麼。」

「現在聯合起來對付你的VIP玩家大概有五組人，那些傢伙雖然不是什麼很難應付的角色，不過螻蟻聚集起來就會變成麻煩的螻蟻，所以還是得留意。」

「意思是，不管他們聚集多少人，螻蟻就是螻蟻？」

「呵，你的反應果然很快。」程睿翰喝著飲料，勾起嘴角笑道：「沒錯，那些人就算聚集再多的幫手，也遠遠不足以跟你手邊的『野獸』對抗，你若想要的話，我可以把那些傢伙的住處告訴你，你只要讓你的『野獸』過去把他們全部清理乾淨就好。」

「你會這麼說就表示除了這個方法之外，還有其他方式對吧？」

「我知道你不喜歡殺人，所以當然有給你準備備用方案。」程睿翰起身貼近左牧，稍稍彎腰，在他耳邊輕聲低語：「你知道樂園在關閉後，遊樂設施並不會關閉，而會持續運作嗎？」

左牧皺皺眉頭，不出三秒鐘時間，他就理解程睿翰的意思了。

難道說，雖然樂園有關門時間，也有說明玩家必須在這之前離開，但是並沒有明確規定玩家不能「自願」留下？

閉園後的絕望樂園，難道說藏著什麼——

「有興趣的話，你可以去試看看，有助於你在短時間內累積到更多的『通行證』。」程睿翰把脖子往後縮回，並退後兩步。

他總覺得自己再繼續貼近左牧的話，兔子男真的會衝過來咬碎他的喉嚨。

明明是帶情報來幫忙的，但程睿翰卻覺得自己像是站在刀口上，隨時都有可能被攻擊，果然兔子男的威壓跟其他「野獸」完全不能相比，就連他特地帶來的那兩隻「野獸」，現在也被兔子男的氣魄壓著，精神特別緊繃。

只要是「困獸」，沒人不知道兔子男的存在，即便沒見過本人，也能夠憑藉本能判斷對方與自己的實力差距。

「困獸」絕不會進行沒把握的戰鬥，因為只有活下去才會對組織產生價值，而沒有號碼的野獸和擁有號碼的野獸之間的差距，更是天差地遠，但他實在很想知道，在同有號碼的「困獸」面前，兔子男究竟強到什麼程度。

——以結果來看，即便擁有號碼，也充分表現出兔子男和其他「困獸」之間有著無法比擬的差距。

他帶來的兩個人，都是擁有號碼的「困獸」，然而這些人卻單單因為兔子男的存在而露出他沒見過的反應跟表情，這就足以說明一切。

啊……他果然還是很想得到這隻野獸。

左牧並沒有看到程睿翰的表情，自然沒有看出他對兔子男的貪念，可是兔子男卻十分清楚這個男人的目的，因為他看著自己的眼神，就跟那些想要買下他的人一樣。

看樣子，程睿翰應該是知道他是無法用錢買下來的「困獸」，而他也是組織裡唯一一個例外。

因為足夠強大，所以只有他能自由選擇自己的「主人」，也因為他對「主人」的執著與順從，讓這些有權勢的人對他更感興趣。

兔子男瞇起眼與程睿翰對上視線，那是不帶有任何感情，單純審視對方的態度，然而和那些緊張害怕的「困獸」不同，程睿翰甚至能對著他露出笑容。

瘋子。

兔子男的腦海閃過這兩個字，接著就抓住左牧的手腕，越握越緊。

左牧覺得自己的手腕快要骨折，但他還以為兔子男是因為這三個不速之客出現的關係而不高興，於是他便對程睿翰說：「我再問你幾個問題，你就可以滾出去了。」

左牧只有幾個疑點，於是迅速開口問：「那些ＶＩＰ玩家不會在閉園後逗留？」

「不會，那些傢伙膽子可沒這麼大，就算花再多錢或是拿『通行證』交易，也絕對不會有笨蛋願意留下來的。」

「剛才在樂園擊殺那名玩家的狙擊手，是你的人？」

「不是。」程睿翰雙手環胸，歪頭道：「那是埋伏你的ＶＩＰ玩家安排的清掃人員，要是那些普通玩家殺不了你們，就會被狙擊手射殺。」

「怪不得那些人這麼不要命……」

「雖說武器不能帶出樂園，但你還是要小心點。畢竟這棟房子也並非絕對安全。」

程睿翰邊說邊示意身後的男人過來，男人立刻提著大型黑色後背包走上前，將包包裡的東西全部倒在左牧面前。

即便不熟悉武器，左牧也能看得出這些東西是什麼。

塑膠炸彈，簡單但是能夠直讓目標受重傷，更重要的是這些東西全都不是樂園商店街裡有的武器。

左牧撿起一個來檢查，炸藥量雖然不多，但這麼多數量卻足以毀掉一棟房子。

程睿翰接著對他說：「這些全都是這段時間我派人從這間別墅裡搜出來的，不用謝我。」

「……怎麼可能？難道是自己帶上島的？」

「表面上規定玩家不能攜帶武器或裝備，但你知道的，主辦單位不會限制ＶＩＰ玩家們的物品，畢竟我們的目的是殺了你。」

「你從什麼時候開始拆卸這些炸彈的？」

「從你入住這裡的第一天開始，那些傢伙都會趁你進入樂園的時候偷偷安裝這些炸藥。」

「好吧。」看著這些炸藥，左牧也只能乖乖妥協。

程睿翰確實有履行自己的諾言，只不過都是偷偷來。

「看來那些VIP玩家比我想得還早就開始行動。」
「最近他們似乎有在賭說誰能先殺掉你，所以今天才會有這麼顯眼的行動。」
「意思都是這段時間他們並不是沒有行動，而是被你擋下來了？」
「是。」程睿翰笑咪咪地承認，不過卻加了個但書，「啊！但直接幫你忙的不是我，是阿杰跟紹子。」
「那他們怎麼沒來，而是你來跟我講這些事？」
「他們混進那些傢伙的小團體裡了，以他們的身分比我方便混進去，也不容易起疑，所以我就負責光明正大和你聯絡。」
「意思是他們絕對不敢對你出手？」
「當然。」程睿翰攤手道：「畢竟這座島上沒有VIP玩家不知道我是誰，想跟我作對的人，跟笨蛋沒有什麼不同。」
他知道程睿翰有點自戀，只是沒想到自戀到這種程度。
「跟你說話真累。」
「是嗎？我倒是覺得很開心。」程睿翰草草瞥眼盯著謝良安躲藏的門口，用食指輕輕敲打臉頰，若有所思地轉動眼珠。
左牧突然開口打破這短暫的沉默：「好，我沒問題了。我會照你說的去看看情況，如果那些VIP玩家開始行動的話，就表示我們沒有悠哉蒐集『通行證』的時間，得盡快離開這座島。」

「最好是兩天內離開。」程睿翰背對左牧，走向門口，在離開前甩甩手給他最後的提醒：「兩天後你想離開的話，可就沒那麼容易。」

左牧沒回答，就這樣和兔子男一起目送程睿翰走出門。

直到確定對方離開，謝良安才終於探出頭來，急忙跑進房間裡追問左牧：「你、你怎麼會跟程睿翰認識！你知道那傢伙有多危險嗎？」

「就算再危險也沒那些想要我們命的傢伙危險。」左牧拍拍兔子男的臉頰，讓他回頭看著自己。

直到與左牧四目相交，兔子男的表情才終於放鬆許多，變回之前有點呆呆傻傻的模樣，衝著左牧笑。

左牧沒理他，轉頭繼續對謝良安說：「你別擔心那傢伙的事，我自有打算。現在最重要的問題是其他ＶＩＰ玩家的襲擊。」

「說到這個，你們從剛剛開始說的ＶＩＰ玩家到底是什麼？」

謝良安根本就不知道這件事，他單純的以為這裡所有玩家、隊伍全都是普通人，直到左牧把主辦單位暗藏的計畫告訴他之後，謝良安的臉色瞬間刷白，極度驚慌。

「這這這、這都什麼鬼！未免太扯了吧！」

「我也覺得很扯，但主辦單位就是遊戲裡的神，他們想怎麼玩就怎麼玩，我們只能聽他的。」

「這種事你之前怎麼沒先跟我說？」

「沒什麼機會，而且我原本就不想讓你更加害怕。」左牧雙手環胸，上下打量他，「光是現在這樣你就已經抖到快要站不住，剛才看見程睿翰也是直接躲起來，我要怎麼跟你解釋這些？」

「呃——」自知理虧的謝良安，只好摸摸鼻子，不再提起這件事。

在程睿翰等人離開後幾分鐘，羅本和黑兔才走進來。

他們看著滿地炸藥和謝良安緊張到沒有血色的臉龐後，問也沒問發生什麼事，就像是早就知道事情經過，泰然自若。

左牧聳肩，他並不意外，因為他知道羅本跟黑兔埋伏在外面以防萬一。所有人都踏入陷阱並不是最優的選擇，羅本跟黑兔很聰明，替他們的安全打上保險。

正因為有羅本和黑兔的謹慎，左牧才能毫無顧慮地和程睿翰談判，至少不是像兔子男那樣直接表現出來，把現場氣氛搞得像是快要打起來，完全沒有幫助。

如果兔子男能跟這兩個人好好學一些就好。

「程睿翰跟你說了什麼？」羅本很好奇那個男人為什麼會突然出現，反正絕對不會是什麼好事。

左牧老實把程睿翰剛才說的話一五一十重複給兩人聽，羅本和黑兔聽完之後，並沒有覺得不妥，但他們都不喜歡程睿翰那種擺明躲在安全的地方看好戲的態度。

黑兔雙手環胸，有默契地和兔子男交換眼神。

兔子男點點頭，似乎是允諾他什麼，於是黑兔便接著開口。

「那個叫程睿翰的男人帶著十一號跟四十八號。」黑兔眨眼盯著左牧，「我這樣說你能聽得懂吧？」

「所以他沒說謊，那兩個人真的是有號碼的『困獸』？」左牧歪頭思索。

剛開始他還以為程睿翰只不過是打腫臉充胖子，隨口說說，沒想到居然是真貨，所以黑兔才會先看兔子男的眼色決定要不要告訴他？

「那兩個傢伙是最近才成為『號碼』的，沒想到這麼快就找到買家。」黑兔繼續說下去，甚至忍不住偷笑，因為他可以想像得出來那兩個人在見到兔子男的時候，內心有多恐懼。

兔子男可是連同為「號碼」的困獸都無法招架的可怕存在，若是同伴，就會是非常值得信任的戰力；若是敵人，最好就趁被他發現前趕緊逃走才是上上策。

「那兩個人強嗎？」

「比我跟三十一號弱。」

光是這樣講，左牧很難判斷那兩個人的實力究竟如何，不過他也有注意到那兩個人一直在小心觀察兔子男，而且特別緊張。

以黑兔和兔子男對於實力的判斷力，恐怕很難成為實際參考值，但至少那些傢伙不會輕易出手。

「你大可不必擔心那兩個菜鳥，他們不會構成任何威脅。」黑兔聳肩，十分輕鬆地說：「雖說是受到組織認可而獲得『號碼』，但也是有實力差距的。」

「兔子，你也這樣認為？」

左牧轉頭詢問兔子男，兔子男也用力點頭，附和黑兔說的話。

聽完黑兔的解釋後，左牧再次陷入沉思。

程睿翰故意帶著有「號碼」的「困獸」來見他，就是想證明自己確實跟組織有聯絡，並且還是他們的客戶。

他一直不太清楚程睿翰幫助他們的理由是什麼，但現在卻有種強烈的直覺——而且還是那種糟糕到極點的猜測。

程睿翰的目的，是兔子男或黑兔，也或者是兩個人。

這次他突然出現在他面前，並不只是「好心」來警告他其他ＶＩＰ玩家的行動，而是來對他展現自己真正的目的。

看來程睿翰根本就不打算隱瞞，倒不如說他很希望自己能夠知道。

如此一來，程睿翰就能掌握更多主動權——真是個可怕的男人。

「吶，左牧。」羅本突然開口喊他，「你說那個狙擊手是其他ＶＩＰ玩家安排的？」

「他自己說的，怎麼了嗎？」

「有那種程度的狙擊能力，甚至還能夠在開門沒多久就占據最佳狙擊地點，我懷疑他應該一直都待在那。」

「一直？你的意思是那個狙擊手在樂園待了一整晚？」

「應該是，不然不可能做得到，時間怎麼算都會有誤差。」

「也就是說，那傢伙說能在閉園後留在裡面的事是真的。」

「嗯，但不能確定裡面會是什麼情況。」羅本垂眸，「如果你真想照那傢伙說的去做，最好還是當心點，我想樂園裡面的夜晚，恐怕跟『島』差不多。」

羅本的話讓左牧想起島的夜晚，毒霧擴散、怪物肆虐，完全沒有辦法安心。

他不是沒想過這個可能性，但在沒有接觸過的情況下，很難去下判斷。

「今天閉園前我們回去樂園試試看。」

左牧的決定讓其他三人感到訝異，兔子男則是沒有興趣地整理滿地炸藥，並滿足地盯著整理乾淨的結果，等待左牧誇獎自己。

左牧發現後摸摸他的頭，敷衍地給予獎勵，但是兔子男卻很開心，強烈的反差感讓三人看得有點不舒服。

「這麼快嗎？你不是說還要觀察，確定那傢伙說的是不是真的？難道你真要因為剛才的襲擊就直接相信他的話？」

謝良安很著急地想要阻止左牧，他不希望進展得這麼快，可以的話他想要一步步慢慢來，這樣比較安全。

「你剛才也聽到了吧?他說最好兩天內離開。雖然說我們可以現在回去樂園調查那些VIP玩家的目的,但這樣的話我們就沒有時間蒐集『通行證』。」

左牧攤手道:「無論如何,我們的目的是拿到足夠的『通行證』,所以我們必須留在樂園。」

羅本聽著左牧說的話,總覺得有些奇怪,於是他半信半疑地問:「你該不會早就知道怎麼做能快速累積『通行證』了吧?」

左牧輕笑道:「對。」

這是他在第一天用「通行證」換來的情報之一,而他剛才也是故意在程睿翰面前表現出自己不知情,其實他確實知道為什麼程睿翰會要他去看看「閉園」後的樂園。

雖說這方面的情報可信性不高,但聽說在「關門」後遊樂設施不會停止運作,玩家仍可繼續進行遊戲,而且設施不會限制次數和開放時間,取得的「通行證」數量也會增加到三倍。

聽上去是十分甜美的果實,但太過貪婪的話反而會讓自己丟了性命。

既然會有這麼高的報酬,也就是說風險相當高,這也是當時左牧並沒有一開始就採信的理由之一。

謝良安聽見左牧的回答,臉色更難看了。

這個叫左牧的男人,才剛來樂園幾天而已就已經掌握那麼多情報?

就憑第一天那幾張「通行證」？怎麼可能！

左牧滿意的看著謝良安驚訝的表情，拍拍他的肩膀後，從他身邊繞過去，詢問羅本跟黑兔：「你們剛才留在那邊檢查屍體了吧？告訴我你們有什麼發現。」

兩人點點頭，並把自己觀察到的告訴左牧。

謝良安無言看著這些人，明明不久前才遇到那種危急的情況，他們究竟是怎麼在這麼短的時間內冷靜下來，還能正常的思考？

他的手都還在抖，身體不由自主地發冷，可以的話他完全不想再回去樂園。

那是他第一次在這麼近的距離下，親眼看到人被槍打死，真正見識過槍枝的威力後，根本無法讓人停止顫抖。

謝良安越想越害怕，他害怕那些ＶＩＰ玩家，也害怕藏在樂園的怪物，更害怕這些不怕死的隊友。

逃跑——但是現在他又能逃去哪？

謝良安面無血色，感覺自己快要昏倒。

當他突然感覺到有個視線盯著自己看的瞬間，轉過頭去，赫然發現兔子男正直勾勾看著自己。

那雙冷冰冰的眼睛，讓他剎那間忘記呼吸，就在他無意識停止呼吸幾秒後，突然被拍了下肩膀，才慌忙回神。

「沒事吧？你臉色很糟糕。」

左牧早就發現謝良安情況不太好，剛才遇到的事情，確實對謝良安這個普通人有點刺激過頭。大概他是第一次見到有人死在自己面前，這種刺激可不是說短短幾天就能平復的。因為一直跟兔子男他們混，所以左牧早就忘記普通人是什麼樣的感覺。

但他，沒有時間等待謝良安習慣這一切。

「回房間好好休息吧，看是要睡一覺還是安靜地待著。晚點我讓羅本做些暖胃的食物給你。」

早就穿起圍裙的羅本，在左牧還沒開口前就已經打開冰箱準備材料，看來他們倆的想法是一樣的。

把謝良安送回去房間後，回到客廳的左牧看著開始做伸展操的黑兔，以及背起炸藥的兔子男，嘴角輕輕上揚。

「你們知道該做什麼。」

「知道。」黑兔笑著轉身，「我們很快就會回來。」

語畢，他跟兔子男同時用肉眼捕捉不到的速度消失在屋內。

羅本打開瓦斯爐，轉身就看到左牧走到餐桌邊坐下來盯著自己看，便說道：「要來點酒嗎？」

「你別跟我說你還會調酒。」

「我有證照。」

「……你真不該當什麼狙擊手，應該去開餐廳才對。」

他的狙擊手，還真是無所不能。

／

左牧給兩隻兔子行動的時間並不多，但他們仍然能在三個小時內搞定。

他們的目的很簡單，就是搜索整座島的港口別墅。

從程睿翰協助拆卸的炸彈，可以確定那些ＶＩＰ玩家的住處肯定有存放武器的地方，他們不受主辦單位的限制，能夠自由囤積危險物品，這讓他們在進攻方面有很大的優勢。

身為那些人的目標，左牧必須先把這個問題提早解決掉才行，而深知這點的黑兔跟兔子男才會立刻行動。

島周圍傳來一聲聲的爆炸，聲音有大有小，因為幾乎同個時間點爆炸的關係，聲音格外響亮，自然也有傳入島中央的樂園裡面。

可是，遊樂設施的音量以及身處在競爭環境下的玩家們，並不是每個人都有注意到這件事，不過待在別墅裡的左牧倒是聽得很清楚。

港口別墅毀損的只有幾間，房屋毀損程度沒有嚴重到無法住人，但痕跡卻非常明顯，不過也有些別墅不是房屋爆炸，而是停靠在旁邊的快艇被炸毀、沉沒到海底。

雖然並非所有的別墅裡的玩家都進入樂園，有部分人選擇留在別墅，不過要潛入屋內偷偷在武器存放位置安裝炸藥這點，對黑兔跟兔子男來說簡單得很。

就這樣，在兩人的努力下，當天閉園前兩小時他們就完成工作，還順便把炸藥消耗完畢，帶著許多戰利品回到別墅。

「匡啷」一聲，塞滿許多金屬物品的裝備袋沉重地落地，放下時發出的碰撞聲響格外明顯，看著這兩個人帶回來的東西，左牧只覺得傻眼。

「我只是要你們去處理那些人的武器問題，沒讓你們順手牽羊。」

「哦——這把真不錯。」

左牧雙手環胸，一副就是覺得這些東西很麻煩的樣子，但羅本的反應卻跟他相反，因為他打開長方形裝備袋之後，發現了一把好東西。

那是完全正中他紅心的狙擊槍，羅本原本沒什麼精神的雙眸頓時閃閃發光，拿起來就不肯鬆開手。

看著羅本小花朵朵開的模樣，左牧也只能認了。

黑兔肯定是知道他會抱怨，所以才特地把狙擊槍放在最上面，因為他知道，即便隔著布，羅本也能憑嗅覺知道裝備袋裡有自己最愛的狙擊槍。

兔子男蹦跳著來到左牧身邊，全身髒兮兮地抱住他，卻被左牧一臉嫌棄地推開來，拒絕他貼著自己。

「快去洗個澡！髒死了。」

他不知道兔子男做了什麼，但衣服上有很明顯的血跡。

兔子男知道左牧發現血跡，立刻手忙腳亂地開始解釋，迅速拿出手機瘋狂打了長篇大論，解釋自己沒有做讓左牧不高興的事。

總而言之看完兔子男解釋的左牧，知道他沒有隨隨便便殺人，最多只有把人打斷腿而已。

兔子男不會對他說謊，所以左牧輕輕拍他的背之後，口氣放軟。

「知道知道，別緊張，我相信你。」

見左牧沒有生氣或不耐煩，兔子男這才鬆口氣，但接著聽見左牧的下個命令後，當場臉色鐵青。

「羅本，你去把這兩隻兔子洗乾淨。」

之前被羅本強行綑綁後丟進浴缸裡瘋狂刷洗的記憶迅速恢復，兔子男急忙跳過去抓著黑兔，不等羅本回答，直接把黑兔拉進浴室。

看他的行為，大概是寧願選擇讓黑兔幫忙也不願讓羅本動手。

羅本倒是覺得沒差，這樣正好，他也不希望因為幫兔子男洗澡而減少他跟這把新狙擊槍相處的美好時光。

「羅本，你到底對兔子做過什麼？」

「你說洗澡？不，我什麼也沒做。」

「……你大概是兔子唯一會害怕的傢伙吧。」

左牧雖然是用調侃的語氣對羅本說，但其中卻包含著自己的真實感想。

羅本完全不在意，他正忙著把裝備袋裡的武器全部攤放在地上，沒過幾分鐘時間整個地板擺滿了各種武器，並一個個開始接受他的檢查。

「那兩隻兔子帶回來滿多好東西的，既然晚上要留在樂園的話，這些武器都是必須的。」

「能帶進去嗎？」

「第一天進入樂園的時候兔子就有試著攜帶武器，當時就沒有阻擋，所以自己攜帶武器應該是沒問題的。」

「啊……應該是因為普通玩家不可能上島前就備有武器，所以以絕望樂園的遊戲規則來說，也不算違反。」

「也就是說，那些傢伙如果也選擇晚上留在樂園裡面的話，持有的武器量可能會比想像中多。」

「不管怎麼說，閉園後裡面的危險程度應該會瞬間拉高不少，得小心點。」

「說到這個，你打算怎麼處理謝良安的問題？」羅本抬起頭，邊擦槍邊問：「那傢伙根本就只是個拖油瓶，帶著那傢伙在危險程度增高的樂園裡移動，反而會讓我們更危險吧？」

「嗯，但如果那傢伙死了我們也會跟著沒命，所以就算覺得麻煩也還是得保護他。」

「就算他看上去好像很害怕我們，也一樣？」

「……我們沒有時間讓他習慣這種事，想活下去，就必須強迫自己接受事實。」

「你還真是對那個人一點憐憫心也沒有。」

「開什麼玩笑，要不是因為他我們也不會重新落入主辦單位的手裡。」左牧雙手環胸，嗤鼻笑道：「坦白講，我到現在還不相信陳熙全是真的想讓我們來救謝良安，總感覺那混帳還有什麼其他目的……」

「我也是這樣認為。」羅本歪頭附和，「不過，現在還是別先考慮這麼多。就順著對方的遊戲規則，早點把這些麻煩事解決再說。」

「嗯。」左牧彎下腰，隨手撿起一把順眼的手槍，「不要挑太多武器，幾個簡單方便的就好，樂園六點關閉，我們五點五十左右進去就好。」

「這麼晚？」

「早進去沒什麼好處，而且跟其他玩家擦身而過的機率會很高，我並不想被其他玩家知道蹤跡。」

「知道了，我會來判斷攜帶的武器種類。那你呢？」看著左牧拿著手槍，一副已經準備好的樣子，便詢問：「你只要帶那把就好？」

左牧把手槍插入背後的褲頭裡，應和道：「對，這把就可以。」

多餘的武器只會成為累贅，他們這幾個人，並不需要那些多餘的東西。

而且他也不認為帶太多武器在身上，真能有什麼保護作用。

左牧交代完之後就回到房間裡，正好這時兔子男和黑兔也已經洗完離開浴室，全身溼答答的兩人全身赤裸，一見到左牧出現就同時轉過身看著他。

「照你說的洗好了。」黑兔垂眼盯著左牧，發現他臉色仍不是很好看。

即便早知道這兩人的生活習慣很糟糕，但看到他們把地板弄溼，又沒有擦乾身體的習慣，就很想海扁這兩個笨蛋。

他迅速去抽屜裡拿出兩條浴巾，直接往兩人臉上扔過去。

「給我把身體擦乾然後找衣服穿起來！」

左牧黑著臉說完後，轉身離開房間。

兔子男見左牧走掉，下意識地想要跟上去，但黑兔卻沉著臉叫住他。

「喂，三十一號。」

兔子男抖了一下身體，慢慢轉頭和黑兔四目相交。

他的眼神十分冰冷，甚至帶著利刃般令人窒息的氣勢，但黑兔卻一點也不在乎，因為他很清楚，兔子男知道自己為什麼會突然叫住他。

「你真不打算提醒他？那不是你最重視的主人嗎，那間樂園裡面——」

黑兔原本還想繼續說下去，但兔子男卻突然把手伸過來，嚇一跳的黑兔急忙縮起脖子後退閃躲，嚇得不輕的他，蹲在地上，緊張地看著手伸向前的兔子男。

媽的，這傢伙剛才是真的想要出手把他掐死？

兔子男果然有病，而且還病得不輕，他不過是好心想提醒一下而已，天曉得兔子男為什麼突然這麼不爽，甚至想要殺死他、不讓他對左牧多嘴。

黑兔乾笑道：「你幹嘛？我這麼說可是為你的主人好。」

兔子男以飛快的速度衝過來，黑兔驚愕地瞪大雙眼，因為來不及閃躲只能選擇接住攻擊，便將手臂彎曲作為盾牌，擋下兔子男從右耳橫掃過來的小腿。

碰的一聲，雖然是勉強接住了沒錯，但黑兔的手臂卻麻到像是骨頭裂開。

他冒著冷汗，再次苦笑。

「……哈！瘋子。」

這下他徹底明白兔子男的用意，他並不是不想提醒左牧，而是不在乎。

因為無論左牧遭遇什麼樣的危險，這男人都有百分之百的信心能夠為他化解，而且只有這麼做，他才能夠得到主人——也就是左牧的稱讚。

都什麼時候，兔子男居然還想著這麼無聊的事，黑兔也只能認了。

「知道了，我什麼也不會說就是。」

在聽見他的允諾後，兔子男才慢慢把腿從他的手臂挪開。

陣陣發麻的手臂上留下清楚可見的紅色印子，而且還沒有辦法克制地顫抖著。

「反正有危險的話，我可不會先選擇保護你的主人，因為隊長的命等於我們的命，優先考慮來說，我會先去保護謝良安。」

兔子男彎起雙眸，雖然只有短短一瞬間，但黑兔很確定自己看見了他的笑容。

這是……在高興？就因為他說不會保護左牧？

該不會他是覺得這樣就能自己保護他，所以心情才會這麼好吧！

「真是……我完全沒辦法搞懂你腦袋裡在想些什麼。」黑兔搖頭嘆氣，「怪不得其他『號碼』總說最好別跟你交流，我還以為只是因為實力差距的關係，看來是溝通上的問題。」

黑兔將掌心貼在額頭上，搖頭晃腦幾秒後，重新提眼看著兔子男。

「好吧，我知道你絕對沒問題。但我還是必須提醒你，這座島上除了玩家之外還藏著其他人……你應該跟我一樣都有察覺到吧？」

這次兔子男倒是乖乖點頭回應他了。

不過，黑兔也從兔子男悠哉輕鬆的表情上理解，他根本就不把那些傢伙放在眼裡，這讓想要提醒他的黑兔覺得自己很愚蠢。

本人都不擔心了，他一個人擔心也沒有用。

他現在倒是有點理解，為什麼組織的人會跟兔子男有如此深的代溝，因為兔子男的想法和常人的思考方式完全不同。

這樣看來，能夠好好跟他溝通的羅本跟左牧，真的有夠厲害。

以這天為界線，黑兔默默在心裡提高對羅本和左牧的尊敬程度。

晚上五點五十六分，左牧一行人抵達樂園入口處。

入口的系統並沒有阻擋他們在閉園前幾分鐘進入，很快就放他們通行，但是商店街卻已經大門深鎖——也就是說他們無法使用樂園原有的武器。

不知道該說運氣好還是單純的巧合，左牧隱約覺得這也在程睿翰的預料之中。

程睿翰猜到他會讓兔子們去ＶＩＰ玩家的別墅裡搗亂，只有毀掉他們藏的武器才能夠達到警示效果，而且他也估算到他們會把能用的武器搜刮回來，畢竟晚上他們還得留在不知道會發生什麼危險的樂園，多點武器對他們來說並不吃虧。

左牧心情有些不太愉快，像這樣一步步順著程睿翰的計謀走下去的感覺，讓他反而對這個男人產生很大的警戒心。

不過他覺得，程睿翰大概也猜到他會對他產生戒備。

之後得小心點了，面對程睿翰那種狡猾又不知道在想些什麼的男人，得想辦法比對方提早出三步棋才有可能保護得了自己。

只要他還在待在這個遊戲裡，他就永遠都是被動的那一方，可是，他不會讓這種情況持續下去的。

左牧抬起頭，看著花田中央的大型時鐘。

當分針「喀」地一聲往上，時間顯示為六點的瞬間，樂園出入口處的漆黑沉重大門慢慢關閉，樂園內所有燈光也全部熄滅，只剩下機械運轉與遊玩音樂的聲音。

晚上六點還不算是深夜，而且是在戶外的關係，即便沒有燈光輔助，也不會太過影響視線，但如果天色變得更暗的話就很難說了。

感覺到有人靠近自己，左牧便下意識地轉過頭去。

是兔子男。

因為沒有辦法從商店街取得防毒面具，所以很難得在樂園裡能看見他的整張臉，不得不承認，即便是在黑鴉鴉的樂園裡，這個有著一頭好看白髮的男人，仍舊顯眼到讓人難以挪開目光。

在他擔心那些事情的時候，兔子男卻像是進出自家後院一樣輕鬆，這讓緊張兮兮的他看起來像個笨蛋。

當兔子男對他展露笑容的同時，左牧苦笑回應。

湊巧這時扛著狙擊槍的羅本從旁邊走過去，他斜視左牧和兔子男，大口嘆氣。

「現在待在這種空曠的地方太危險，雖然不太確定閉園後這裡會變成什麼情況，但最好先找個安全點。」

「你說得對。」左牧輕咳兩聲，開始指揮接下來的行動。

「謝良安，別抖了。」他先對臉色蒼白的謝良安說：「我會讓黑兔跟著你……」

「怎麼又是我！」黑兔聽到後急著跳腳，「你非得把我這麼好用的傢伙派給這人當保母？」

「正因為你有那個實力，所以我才會安心把所有人的命交在你手裡。」左牧瞇起眼看著他，一點也不打算退讓，反而理直氣壯，「你難道忘了？這傢伙如果死掉的話，我們也會跟著沒命。」

黑兔頓了下身體，意識到左牧說的話是正確的之後，就再也不敢多嘴。

「哈啊，好吧！我會保護那傢伙的。」

左牧並沒有把「通行證」數量增加的事情告訴其他人，因為他知道就算黑兔跟羅本通過遊樂設施後，也會在取得「通行證」數量的時候意識到這點。

現在他在意的，是從剛剛開始就可以感受到樂園陰冷的氣氛，那是白天時所無法感受到的，並不只是因為夜晚降臨而造成溫度降低，所以他才會不由自主地顫抖，而是其他「原因」。

「羅本，我們不用分開行動。所有遊樂設施都一起過。」

羅本挑眉問：「我還以為你會像之前那樣把我們分散開來，這樣不是比較快，而且也能蒐集到比較多嗎？」

「白天的時間只有八小時，現在我們有十三小時能拿到『通行證』，所以時間很足夠，而且不用我說你應該知道⋯⋯這個地方的氣氛和白天完全不同。」

「哈！是啊。」羅本瞇起眼，注視著漆黑的磚頭道路，「看上去就像來到鬼屋，白天夜晚能有這麼大的差異，也夠厲害的了。」

「嗯，而且你不覺得溫度有點低？」

「應該是地板的關係。」羅本用力踏著紅磚地說道：「這座樂園的地板似乎有加裝溫度控制功能，也就是說那些人能夠自由決定這裡面的溫度。」

「哈——」左牧吐了一口氣，白霧的出現讓他意識到驟降的溫度很可能會對之後的行動造成麻煩。

兔子男拉住左牧的手，發現冷冰冰的，急急忙忙把他的手塞進自己的口袋裡，非常認真地用掌心包覆住。

「走吧，得趁天色完全暗下來之前，先挑個遊樂設施玩玩看。」

「那樣的話我有個提議！」黑兔突然蹦出來搶著說：「我早就想進去鬼屋看看了！」

左牧和羅本冷冷掃過他一眼，很有默契地同時轉頭走遠，甚至還自顧自地聊起天來，光明正大無視黑兔的意見。

黑兔氣到嘴角抽搐，這讓一直作為路人，沒有開口說話的謝良安有些尷尬。

「呃、你⋯⋯你還好嗎？」

「好到不行。」黑兔賊笑道：「反正我有的是時間，絕對要拐那兩個人去玩鬼屋。」

「你這麼喜歡鬼屋？」

「欸，不是很好玩嗎？看著那些被嚇個半死的人。」

「……走吧，再不跟過去就要被丟下了。」

謝良安加快腳步追上前面的人，徒留黑兔一個人在後頭。

黑兔扁著嘴小聲碎念：「真是不解風情的一群人。」

他悄悄地掃視周圍，雙手扠腰，大聲嘆氣。

那些隱藏在黑暗中的人影，打從踏入花田的時候就已經在盯著他們看，兔子男和他早就已經注意到這些人的存在，比另外三個人更早知道，隱藏在夜間樂園裡的「危險」是什麼。

「哼——算啦！反正只要保住那傢伙的命應該就沒什麼問題，剩下的就交給三十一號去處理就好。」

黑兔開心地蹦跳著前進，一邊哼著歌，一邊仔細思考自己要玩些什麼。

不知道會不會有只出現在夜晚時間的遊樂設施呢。

／

夜間樂園開始後不到三十分鐘，左牧等人就已經陷入困境。

明明清楚聽見遊樂設施運轉的聲音，但卻沒有半個遊樂設施開啟——更正確來說，是沒有辦法「玩」。

大型遊樂設施的出入口處都被鎖起來，小型遊樂設施則是一直持續保持運轉，沒有要停下來的意思，簡直就像是鬧鬼的空城。

話雖如此，左牧也確認了一件事。那就是確實沒有玩家留在這裡，以及有種被人盯著看的感覺。

抬起頭看向停在沒有半點光芒的路燈上的機械小鳥，左牧慢慢皺緊眉頭。

那種感覺，並不是透過監視器被注視，而像是躲在暗處觀察他們。

他無法確定那些人的目的，但很顯然不是來跟他們當朋友的。

「左牧，似乎真的沒有遊樂設施能玩。」和兔子男去周圍快速搜尋過一遍的羅本回來後，立刻跟他報告這個不幸的消息。

因為本來就在預料之中，所以左牧並沒有多大反應，只是用鼻子發出「嗯哼」聲回應。

看來他之前換取的情報是錯誤的？但怎麼想都覺得奇怪，如果不是這樣的話，程睿翰就不會建議他晚上留在樂園。

難道說，他被程睿翰耍了？

正當左牧對程睿翰產生懷疑的時候，樂園的廣播傳來沙沙聲響，聽起來很像是糖炒栗子的聲音。

接著，熟悉的ＡＩ聲音傳來。

『歡迎來到夜絕望樂園，左牧先生。』

對方像是認識左牧很久，用輕鬆的口吻和他打招呼。

左牧看了一眼機械小鳥，立刻就明白對方是在和他說話沒錯。

是因為沒有其他玩家的關係，所以才這麼正大光明的和他直接溝通？這樣想想的話還挺有趣的，之前對他可沒有這種程度的「待遇」。

「你是誰？」

左牧冷冰冰地向對方提問，他十分清楚對方聽得見自己的聲音。

果然，廣播裡傳來一聲輕笑，似乎早料到他會這麼問。

『如果您能順利活過午夜十二點，我就回答您三個問題，當然也包括您現在提問的在內。』聲音聽上去很非常有自信，似乎不認為左牧真的能夠做得到。

即便是知道他身邊有兩名擁有「號碼」的「困獸」。

左牧壓低雙眸，他很確信對方是主辦單位的高層，甚至能夠私自決定給予他通關後的「獎勵」。

只不過，他那刻意有禮的態度，令人不爽。

話說回來，左牧沒想到對方居然會提出這種交換條件，「回答三個問題」的獎勵乍聽之下好像沒什麼，但對於缺乏情報的他來說十分足夠。

不過對方給他的時限是「十二點」，現在也不過才剛要晚上七點而已，也就是說主辦單位為他們準備的「遊戲」，強度很顯然會跟以往差很多。

這樣正好，慢吞吞蒐集那些東西不是他想要的，如果能夠直接和對方談判的話反而更簡單點。

他搔搔頭之後，嘆了口氣，對著機械小鳥說：「看來你們替我們準備了『特別』的遊戲是吧？」

『各位是非常特別的玩家，當然要準備特別的遊戲。』

「那還真是感謝你們的賞識。」左牧攤手道：「我不知道你們打算做什麼，但至少得遵守遊戲規定吧？該給的東西，還是要交出來。」

『呵，沒想到這種時候您擔心的居然是通行證？』

「別看我這樣，我可是很認真在玩遊戲的。」

『當然……我們都看在眼裡。』

「我們」這兩個字一說出口，左牧的心裡就浮現出不祥的預感。

雖然他知道這些「遊戲」裡玩家的所有行為和遊戲內容，全都會以影像方式傳送到主辦單位的伺服器，以直播方式撥放給那些無聊的有錢會員們「欣賞」，但這次卻讓他有種不僅僅只是如此的感覺。

該不會，這些生物型監視器拍攝到的畫面，不僅僅只是給那些遠在天邊的會員們看，連同樣在這座島上的ＶＩＰ玩家們也都看得到？

光是想想而已，就令人頭痛萬分。

都允許ＶＩＰ玩家們私帶武器登島，那麼將他們的所在位置、目前狀況等洩漏給其他玩家也不是不可能。

這些生物型監視器只會出現在樂園，樂園之外的範圍並沒有，也就是說他們住的地方是沒有監控的，不得不說主辦單位雖然都是些瘋子，但至少還有尊重基本人權，給他們一點隱私。

左牧會這樣猜測，是因為程睿翰選擇在別墅和他見面，並且還光明正大地走出去，他會這麼做就表示他知道主辦單位絕對不會查到。

不過左牧很確定每個玩家佩戴的手環具有定位功能，如果程睿翰擔心和他私下交易的事情被主辦單位發現的話，不只是監視器，也會留意手環才對。

於是透過程睿翰親自來訪這件事他可以確定兩件事。一就是他的手環沒有定位追蹤，不受到主辦單位的監控，二則是樂園之外的地區沒有生物型監視器。

「我不想管你們那些變態客人們的興趣，直接告訴我們該怎麼做吧。」左牧拉直雙眸，威脅這些遠在天邊的敵人，「要是你沒乖乖照原本規定把『通行證』交出來的話試試看。」

『請不用擔心，我們是絕對不會言而不信的。包括現在，我們的交易全都看在各位客人們的眼裡，若是騙了你，那我們身為商人的信用可會大打折扣。』

「哈！還說什麼商人，不就是些不把人命當回事的混帳。」左牧冷笑，低聲碎念，接著抬起頭來，「廢話少說，快點說清楚你要我們做什麼，不是還有時間限制嗎？少在那邊故意浪費我們的時間。」

『您還真心急……不用擔心，是十分簡單的遊戲。您只需要通過我們準備的遊樂設施就可以。』

語畢，機械小鳥所在的路燈突然點亮，像是指引燈一路往前延伸，很顯然是在為他們指路。

遊樂園其他地方都沒有半點燈光，所以這條被點亮的道路格外顯眼，但同樣也有種讓人毛骨悚然的感覺。

接著廣播裡的男人繼續說下去：**『這條路會帶您前往遊樂設施的位置，只要您能順利通過指定區域的三個遊樂設施，我就會給您三百張通行證。如何？對您來說是筆很划算的交易對吧？』**

「……有什麼條件？」

『您的反應果然很快，我喜歡。』男人輕笑兩聲後回答：**『條件很簡單，其中一個遊樂設施必須由您一個人獨自完成通關，另外就是——』**

男人拉長音的瞬間，所有人感受到毛骨悚然的陰涼感。

這並不是因為遊樂園內的溫度驟降，而是危險逼近時產生的直覺。

四人敏感地將頭轉向後方，站在最後面的謝良安反過來被他們嚇了一大跳，他們嚴肅的表情讓他有些慌張，但他卻連開口問的時間也沒有。

「該死！」黑兔咬牙怒罵，本想立刻衝過去，但是從謝良安背後伸出來的手卻用力拽住他的衣領，將人用力往後拉。

謝良安差點沒被自己的領口勒死，受到驚嚇的他心臟狂跳、不停咳嗽，接著眼前就突然一暗，失去知覺。

黑兔和兔子男見到謝良安被抓，原本想馬上行動，但兩人才剛往前邁出的步伐，卻同時停了下來。

兔子男面色凝重看著打量謝良安、並將他扛在肩上的男人，黑兔則是很少見地露出緊張的目光。

「這、這傢伙為什麼會……會在這裡？」

意識到對方身分的瞬間，黑兔斜眼睨視兔子男的表情。

果然，兔子男的眼神看上去像是要把對方碎屍萬段。

左牧和羅本不清楚發生什麼事，但能讓這兩隻兔子不敢輕舉妄動，就可以確定對方不是他們能夠應付得了的對手。

這個留著短髮、身穿黑色風衣的男人，身形看上去和兔子男差不多，但散發出的氣氛卻比他更加陰森可怕，漆黑的眼眸沒有半點光芒，就像是深不見光的海底，光是和他對視都感覺要窒息。

左牧憑藉直覺和兩隻兔子的反應，確定這個黑漆漆、沒有半點存在感的男人百分之百是「困獸」的殺手。

「……現在是什麼意思？」左牧冷冷地詢問廣播另外一頭的男人，他知道，那個人肯定十分滿意現在的發展。

廣播裡的男人回答：**『只要您活著回來，我就會把人還給您。』**

「綁架一次還不夠，現在又來一次？」

『要有能夠拯救的公主殿下，才能讓騎士們更有向前進的動力，不是嗎？』

「哈！聽你在鬼扯。」

左牧嗤鼻冷笑，但他很明白，現在不是跟對方爭論的時候。

即便他很想把謝良安救回來，可是如果主辦單位準備的「遊戲」都是些麻煩的內容的話，在這邊消耗太多力氣跟時間就不是什麼好事。

他不確定男人安排的是什麼樣的遊戲，但從那自信滿滿的口氣聽起來，絕對不是五個小時能順利玩完的。

左牧咬緊下唇，對另外三個人說道：「……我們走。」

羅本轉頭看著左牧鐵青著臉，無奈嘆氣，知道他做出了對眼前情況來說最正確的決定，於是點點頭。

「知道了。喂，兩隻笨兔子，快點過來！」

黑兔跟兔子男頓了下之後，退回到左牧身邊，接著四人立刻沿著點亮的路燈奔跑，很快就不見蹤影。

廣播裡傳來男人的笑聲，機械小鳥張開翅膀後飛起來，跟在左牧身後。

接著，他對這名扛著謝良安的男人說：『**辛苦你了，十三號。由你來做這件事果然是正確的決定，兔子們對你十分警戒呢。**』

黑髮男子並沒有回答，也對於兔子男和黑兔的反應沒有半點興趣，沉默不語的他默默地扛著謝良安離開，就像是單純在運送貨物般輕鬆自在。

沙沙聲再次從喇叭裡傳來。

接著，恢復寧靜。

／

沿著點亮的路燈，左牧一行人來到的是敞開的大型鐵門前。

他記得這裡，只要是進來樂園的人應該很難不對這裡留下深刻印象，因為明明是距離入口很近的區域，卻大門深鎖，不允許任何人進出。

然而總是緊閉的大門，此刻卻對他們打開，與外面不同的是，裡面燈火通明，非常漂亮，也是現在的樂園裡唯一一個擁有燈光的地方。

四人進入裡面後，大門「嘎」的一聲關閉，並在電子鎖的位置亮起三顆光點。

門並沒有上鎖的聲音，聽起來只是單純關起來而已，但光是聽移動的聲音都能夠知道它有多沉重，絕對不是憑人的力氣能夠推得開的。

從大門上方飛過來的機械小鳥張開嘴，在左牧的頭頂盤旋。

『確認玩家進入零號區域，確認、確認！』

它像是負責提醒進度和遊戲方式的人工ＡＩ，用奇怪的方式發出公告，雖然和之前在遊戲中負責輔助玩家的布魯有點像，不過這次左牧倒是能夠清楚分辨得出，這隻機械小鳥並不是人為操控，而是早就設定好的輔助系統。

『請在這個區域選擇遊樂設施遊玩，完整體驗三項設施後區域大門將會開放三分鐘。本區域將於午夜進行消毒清潔作業，請各人員於十二點前離開。』

左牧一邊聽機械小鳥解說，一邊往羅本的方向看過去。

他和羅本很快地交換眼神後，羅本便靜靜地離開，獨自和他們分開行動。

『注意！注意！』機械小鳥突然用尖銳的聲音，發出警告，**『每隔一小時會出現更多妨礙者，妨礙者只會對玩家進行攻擊，請想辦法避開。』**

就在機械小鳥剛提到「妨礙者」這三個字的同時，兔子男和黑兔的臉色立刻沉下來，因為眼前有幾個搖晃的人影正在慢慢接近他們。

黑兔擺好拳擊架式，兔子男則是俐落地將軍刀反握在手中。

而被兩人護著的左牧，眼神慢慢瞇成一條直線，看著有點熟悉的發展，忍不住「哈」的一聲笑出來。

果然——到頭來玩遊戲什麼的根本不是重點，特地讓他們跑到另外一塊區域，還準備這麼多敵人，很顯然就是想置他們於死地。

剛才和他交談的那個男人，根本不在乎通行證，也不在乎他們還能不能繼續以玩家身分繼續進行遊戲，他想著的，只有透過「合理」的方式把他們這些礙眼的傢伙徹底收拾掉。

「兔子、黑兔。」左牧黑著臉，用毫無任何情緒起伏的平淡音調，詢問兩隻兔子：「你們有多少勝算？」

黑兔看了一眼兔子男之後，頭也不回地回答：「有點難度。」

這些慢慢聚集過來的敵人，拿著的並不是槍械類武器，而是很普通的鈍器，看來主要是擅長近距離戰鬥，而且這些人的模樣，對他們來說並不陌生，因為剛來到樂園的那天他們就已經見過。

——和當時在廁所遇到的怪物一樣，都是些身體強壯到跟猩猩差不多的壯漢，即便身體看起來很笨重，但速度並不慢。

這些壯碩的怪物雖然披著人皮，但散發出的氣氛完全已經不能說是人類。

看樣子不只是之前那座島，主辦單位的每個遊戲區域都有人體實驗誕生的失敗品。

不過，和廁所遇到的那隻有點不同的是，這些怪物的脖子上都戴著項圈。

黑色的項圈只有一小截露出綠色光芒的警示燈，簡直就像以前的兔子男。

正當左牧思考要怎麼行動的時候，黑兔跟兔子男突然同時衝出去，眼角餘光閃過兩人的殘影，左牧才回過神。

原來在他想這些事情的時候，那些怪物已經不知道什麼時候距離他們只剩幾百公尺的距離，兩隻兔子就是不打算再讓他們接近，才選擇主動出擊。

被留下來的左牧雖然看起來很安全，但他知道這個「零號區域」暗藏的危險絕對不可能只有這樣。

機械小鳥停在旁邊的路燈上，歪頭盯著他看，和它對上眼的時候，左牧總有種被那個自大狂妄的男人注視的感覺。

隨後，他聽見身後傳來靴子踩踏的聲音，而且速度聽起來非常快——

意識到可能是危險的瞬間，左牧迅速側身閃避，果不其然，一把短刀從他的左後方刺過來，若他再晚個幾秒，就會被這把刀貫穿心臟。

雖說閃過了最致命的危險，但刀刃卻擦過他的手臂，留下一道傷痕。

遠處的兔子男嗅到左牧的鮮血味道，眼神突然變得銳利可怕，差點沒把旁邊的黑兔嚇死，才剛想開口說話，兔子男就瞬間消失在眼前，速度快到完全無法捕捉到他的身影。

左牧沒看清楚攻擊他的人是誰，因為對方動作很快，又接著朝他揮刀。

他轉身正面面對對方，單手抽出手槍，直接把對方刺過來的刀身彈開來，但自己也因為失去重心而不穩往後退了兩步。

然而，眼角餘光橫掃過來的黑色物體擊中了他的右側太陽穴，他意識到鈍器是槍托的同時，耳邊傳來手槍保險桿拉開的聲響。

「碰。」

在這個距離和狀況下，左牧知道自己百分之百沒辦法閃開。

但，他沒有感覺到自己被擊中，反倒看見剛才開槍的那隻手被緊緊掐住手腕後，槍口瞄準那名持軍刀的男子。

暈眩的腦袋讓左牧一直感覺到腦袋傳來的刺痛感，朦朧的視線裡，他看見持刀男子輕鬆地閃過子彈並露出笑容，游刃有餘的態度讓人非常不爽。

接著，身旁突然吹來一陣風，直到看見有個人被過肩摔甩過去之後，左牧才意識到那陣風的來源是什麼。

只不過是短短幾秒鐘，左牧卻有種從鬼門關前走過一遭的感覺。

當那頭顯眼的白髮出現在眼前，懸著的心，才終於放鬆下來。但接著，他就看到眼眸中只剩下厲光的可怕日光，像是被人打醒般，立刻驚醒。

「兔——」

左牧還沒來得及喊出口，兔子男就已經衝到持刀的男子面前。

漆黑的臉上只能清楚看見那雙如野獸般嗜血的發光眼眸，他算準對方閃躲子彈後移動的方向，直接將反握的軍刀往前橫掃。

一閃白光掠過頸部，喉嚨被切開的同時，大量鮮血頓時染紅對方的胸口，如瀑布般止不住地從切開的部位湧出。

沒有打算閃開的兔子男，無視男人的鮮血濺到自己身上，接著快步走回來，抬起腳，狠狠踩在倒地男人的頭顱上。

他接二連三的用力猛踩，即便對方腦殼已經明顯破裂、扭曲，甚至靴子上都沾滿鮮血，也沒打算停止。

左牧搖搖晃晃地扶著額頭，原本是想要阻止兔子男繼續抓狂下去，然而剛抬頭看見的卻是持槍瞄準兔子男的第三名男子。

「嘖！」

左牧想也沒想，單手舉槍，準確無誤地射中對方持槍的手背。

兔子男聽見槍聲才停止踩踏的行為，連看也沒看拿槍對準他的男人，加快腳步跑向左牧，「唰」地一聲將他橫抱起來。

已經沒力氣反抗的左牧，大口喘氣，雖然暈眩感稍微消退一些，但手臂和太陽穴的傷口仍在流血。

殺人並不在他的計畫之內，但人在面臨性命威脅下，不得不做出選擇。

即便是為了保護他，兔子男輕易取人性命的態度，仍讓左牧有些許的畏懼。

剛才偷襲他的那幾個人，很明顯不是那些「怪物」，而是訓練有素的殺手，如果不是近距離感受到威脅，恐怕他根本不知道這些人藏在哪裡。

先是傭兵，接著又雇殺手，甚至還安排這些「怪物」集體攻擊——為了殺他，主辦單位還真是下了不少心血。

兔子男抱著他逃入旁邊的建築物，這裡面是機台型的電玩中心，最裡面擺滿許多聲音響亮的角子機台。

他們躲進去，利用機台發出的音樂隱藏自己的腳步和呼吸聲，但從左牧傷口裡流出來的鮮血卻滴落在地上。

兔子男輕輕將左牧放下來，並離開左牧身邊。

左牧臉色蒼白地喘氣，還休息不到幾秒，他就聽見重物撞擊電玩機台，並把它直接砸爛的巨響。

電玩機台漏電發出的「劈啪」聲近在耳邊，被扔飛的男人躺在地上，一動也不動。

左牧沒興趣過去確認對方的死活，因為接下來同樣的情況又接連發生兩三次，結果這些還很新、顯然沒什麼人碰過的全新角子機台，就這樣被砸毀一大半。

音樂聲變小不少，甚至有些因為受損而開始走音，同時也有漏電的情況，這讓左牧忍不住稍稍遠離機台，免得被電。

剛挪動身體沒過多久，兔子男就突然出現在眼前，差點沒把左牧嚇死。

「嚇！你、你能不能別每次都這麼突然？」

兔子男將食指貼在嘴唇上面，示意左牧不要出聲。

起先左牧不懂兔子男為什麼不讓他說話，明明敵人都被他殺死了，直到他看見旁邊的機台上面有雙閃閃發亮的光點注視著他。

是那隻陰魂不散的機械小鳥。

果然，不可能甩得掉那該死的監視器。

機械小鳥一動也不動，看著他的模樣讓人寒毛直豎，接著在確定左牧注意到它的存在後，才又拍拍翅膀飛到天花板的鐵架上面，重新和他們保持距離。

直到它拉開距離，兔子男才指著嘴巴示意左牧可以開口。

「……剛才那個距離，它聽得見我們說話的聲音？」

兔子男點點頭，接著小心翼翼地把左牧扶起來。

他盯著左牧的傷口，露出難過的表情，左牧發現後只是輕拍他的背要他別在意，敵人數量遠比他想得多，而且從那身手來看，絕對不是普通殺手。

以主辦單位的能力，能花錢雇來的肯定不會是什麼小角色，更何況他們看起來似乎還有自己的私人傭兵軍隊，這可不是開玩笑的。

左牧摸了一下額頭上的傷口，雖然現在已經不太痛，但那是因為這塊已經沒有什麼感覺，這樣有點麻煩。

得處理傷口，可是現在沒有那個時間……

這麼說起來，他們雖然有武器，卻沒有半點醫療用品。

腦袋還有些暈眩感，可是左牧仍努力咬緊牙根，決定想辦法避開敵人去搭乘遊樂設施。

他記得那扇門上的電子鎖有三個光點，而主辦單位規定的遊玩設施數量也是三個，也就是說他們完成的數量會顯示在那扇門上。

「兔子，我們走……」

左牧才剛想離開，就聽見旁邊傳來布料撕開的聲音，接著他看見兔子男把滿身是血、躺在地上的男人的衣服撕成布條，替他包紮傷口。

兔子男很細心，特地避開被男人的血汙染的位置，只用乾淨的部位覆蓋他的傷口，這種細心的行為真的跟他很不搭。

「大概弄弄就好，時間不多了，我們走。」

左牧皺緊眉頭，原本想離開電玩中心，沒想到卻看見門口已經聚集了比剛剛還要更多的人。

很顯然，這些人跟之前攻擊他們的是同一批。

「嘖！沒完沒了。」

和煩躁的左牧不同，兔子男原本想衝過去一口氣解決，卻被攔住。

「別管那些傢伙，他們不過是在拖延我們的時間。」環視室內的左牧，很快就鎖定目標，「哈！運氣還算不錯，兔子，我們走。」

發現這棟建築物裡除了電玩中心之外，還有幾個遊戲設施的左牧，立刻就往其中一個設施前進。

他選擇的是室內雲霄飛車，理由沒別的，是因為離得比較近，其次就是室內雲霄飛車的特性就是「暗」，對於隱藏很有幫助。

看不見的話，就沒辦法攻擊，而他們只需要搭乘雲霄飛車完成搭乘就可以。

「兔子！」

左牧只不過是喊了他的名字，兔子男立刻明白他的意思，跟著左牧跑進室內雲霄飛車的入口。

室內雲霄飛車的設施不大，通往搭乘處只有一條彎曲的走廊，周圍布置得很像是西部牛仔風格，牆上掛滿各種道具裝飾。

當兩人來到搭乘處的時候，雲霄飛車已經停在原處，但左牧也很快發現問題。

這個雲霄飛車並沒有安全設施，安全帶、扶桿之類的都沒有，這樣很容易就會在高速行駛的狀況下被甩出去。

別無選擇的兩人，只能硬著頭皮上車，然而這時那些殺手也都已經追了上來。

還沒上車的兔子男拽下用來裝飾牆壁的繩子，緊緊把左牧捆在雲霄飛車上之後，對他點了點頭。

左牧意識到兔子男打算讓他自己一個人搭，雖然很危險，但看樣子他們不得不分開行動。

他抓緊繩子，對兔子男點頭示意。

當那些殺手已經衝到搭乘處的時候，兔子男立刻按下啟動雲霄飛車的按鈕，左牧就這樣望著兔子男的身影，搭乘車子消失在黑暗的軌道上。

目送左牧安全離開的兔子男，默默在心中開始讀秒。

在進來的時候他已經看過雲霄飛車的搭乘時間。

八十五秒，這時間足夠讓他剷除敵人。

兔子男慢慢抬起手，將軍刀輕輕放在指縫間移動。

原本看著左牧的溫柔眼神，僅僅只在一秒之間就變得冰冷。

聚集而來的人數，遠比剛才還多出三倍，但他們卻在看見兔子男之後全都緊張到說不出話來。

「這就是那個怪物三十一號嗎……」

「哈……只要殺了他，我就可以……」

人群裡，有幾個人在低聲細語。

而這些話也間接證實了這群殺手的身分。

「唰」的一聲，突然之間所有人噤聲，因為原本應該在他們面前的兔子男居然消失不見。

接著有人受到驚嚇，猛然退後、拉開距離，這時所有人才意識到兔子男竟然一個瞬步就出現在他們之間，而且還直接劃破兩個人的喉嚨。

伴隨著身體墜地的聲響，所有人同時拔槍對準兔子男，但兔子男卻連看也不看，直接攻擊左後方持槍的男子，雖然對方已經扣下扳機，卻被兔子男輕鬆避開，同時揮刀砍斷對方持槍的手指。

「啊啊啊！」

當鮮血開始濺灑在兔子男身上，並將地面染成腥紅色的瞬間，就已經註定這群人的死亡。在這短短的八十五秒之內，面對十人以上的敵人的兔子男，只花了四十秒就把所有人都殺死。

被割下的頭顱，瞪大著雙眼、微微張開雙唇，死不瞑目。

兔子男提著頭顱，撇頭看向停在柱子上的機械小鳥，直接扔過去砸它。

機械小鳥的反應很快，立刻飛起來閃避，不斷在天花板上盤旋。

煩人的蟲子——兔子男對這隻機械小鳥的感想，就只有這五個字。

接著他走回軌道位置，靜靜地等待雲霄飛車回來。

然而，回來的車廂內卻沒有左牧的身影。

「啊——累死我了！」

坐在堆積如山屍體上的黑兔，大口嘆氣。

雙手滿是鮮血的他，摳摳臉頰，嘴巴雖然在喊累，但是臉上卻完全沒有露出半絲倦怠，反倒讓人覺得他是在無病呻吟。

黑兔轉動著靈活的血色眼珠，回想兔子男離開前的那個瞬間。

他當時也感覺到「危險」的氣息，而且還非常熟悉，所以他不意外兔子男會突然選擇離開。即便左牧以普通人來說並不算弱，但面對那種人數的敵人，存活率還是極低。

果然——這個絕望樂園裡最危險的並不是那些ＶＩＰ玩家，也不是這些經過實驗後的失敗品，更不是躲在背後的主辦單位，而是同為「困獸」的殺手。

打從進入樂園的時候，黑兔就已經感覺到那些殺手的存在，因為氣息過於熟悉，所以想不注意也難，而且他也非常肯定兔子男跟他一樣有注意到這件事。

沒想到「困獸」竟然和主辦單位合作，投入這麼多的殺手協助他們，雖說那些殺手大部分都是沒有取得號碼的菜鳥，但也有實力不遜於兔子男的「號碼」在。

真正讓他嘆息出聲的原因，是「困獸」介入這點。

黑兔摸著下巴思索，該不會那個叫做程睿翰的男人，莫名其妙帶著「困獸」出現在他們的住所，就是想暗示這點？

不管怎麼說，他還是很討厭程睿翰，因為他的眼神實在讓人作嘔。

「總之，有三十一號在的話，應該沒什麼問題。」黑兔邊說邊從屍體山上跳下來，甩甩手上的鮮血，「嘖！黏黏的真不舒服……先去洗個手然後再想辦法玩個什麼吧。不管怎麼說還是要先把那該死的門打開再說。」

不過，事情沒有他想得那樣順利。

快速拖曳重物的聲音從背後迅速逼近，當黑兔察覺到的時候，眼前已經被巨大武器的影子覆蓋。

黑兔嚇了一跳，冷汗直冒的瞬間同時往旁邊跳開。

武器的刀刃劃過黑兔的衣服，在他胸前切開一個缺口。

黑兔單膝跪地，還沒來得及把頭抬起來，刀刃再次迎面橫掃，差短短幾公分就要把他的臉砍成兩半。

壓低身體閃避兩次攻擊的黑兔，以靈活的動作躲開攻擊的同時，迅速與對方拉開距離。

對方理所當然不可能給黑兔喘息的機會，扛起武器再次衝上前。

笨重的身軀，速度意外快很多，甚至比他剛才處理掉的那些怪物還要敏捷，只不過——這次黑兔終於好好地透過自己的雙眼，捕捉到對方的身影。

敵人是個揮動巨斧的男人。比起球棒，斧頭的威力果然強大許多。

黑兔縮起雙腿跳起來，閃過垂直揮落的巨斧，並且往斧頭與棍棒的連接位置狠狠踩下去，直接把斧頭踩斷。

但，這樣並沒有阻止對方進攻。

男人一看到黑兔踩斷棍子，就立刻伸手抓住他的胸口，直接把人重摔在地。

「唔！」

沒時間閃躲的黑兔就這樣被壓制在地，對方力道十分強勁，即便是對力氣相當自豪的黑兔也難以承受。

如果換作其他人，骨頭早就斷掉了吧。

黑兔痛苦地咧嘴笑道：「呀！想跟我比力氣？你還早得很！」

他抓住男人的手腕，向上挺起腰，憑藉自己的腰部力量伸直雙腿，狠狠踹在男人的腹部。

看似沒有支點，無法使出多大力量的攻擊，卻輕而易舉將男人踹開。

代價，是黑兔的上衣被完全撕毀，但對他來說這根本不是什麼問題。

單調的上衣突然變成展露胸膛的背心，沒有任何防備。

黑兔不在意地迅速起身，以強勁的腳力，眨眼瞬間消失在原位，再次出現的時候已經握緊拳頭，將手肘往後縮起，立刻剛才踹過的腹部位置狠狠打下去。

他沒有打算給對方反應的時間，接連出拳，直到被打的位置從瘀青變成出血，到最後完全凹陷，失去原本的形狀。

最終，揮著巨斧的男人倒地，再也沒有反應。

黑兔皺著眉頭，不屑地用手背擦去滑落到下巴的汗水。

「媽的，接二連三冒出來，這樣下去別說是去找其他人，連遊樂設施都玩不了。」

浪費時間猶豫，只會讓這種怪物更有機會襲擊，所以黑兔不再多想，跑到旁邊的路牌看了一眼後，決定方向。

總之他先隨便找個遊樂設施玩玩，再怎麼說至少也要過一個，之後再去跟左牧會合。

因為大門打開的時間只有三分鐘，所以在過完最後一關的同時，他們不能離門太遠。

「話又說回來，羅本那傢伙到底跑到哪裡去……」

話才剛說完，在黑兔奔跑的同時，左邊突然出現高大的黑色人影。

黑兔立刻就注意到他的存在，當他停止前進的步伐，打開馬步，準備用拳頭打死對方的時候，黑夜裡傳出的一聲槍響卻阻止了他的攻擊。

不知道從哪個方向射出來的狙擊子彈，直接貫穿對方的心臟。

危險一瞬間就瓦解，也讓黑兔愣在原地。

他發愣三秒後，嘴角上揚，忍不住笑出聲：「哈！」

在黑兔確定狙擊手的身分是誰的同時，又有兩個壯碩的男人衝過來，但是也都同樣被乾脆俐落的兩發狙擊射殺死亡。

這次，黑兔確定了對方的位置。

他抬起頭看著某個遊樂設施的高處位置，揮了揮手，隨後便繼續前往遊樂設施。

透過狙擊鏡看著黑兔的羅本，輕輕地哼了一聲後，將狙擊槍收起來，準備轉移位置。

他按照左牧的意思藏在容易狙擊的位置輔助，而身處在能夠看清楚一切的地方的他，自然也將所有情況收入眼底。

左牧那邊有點麻煩，但有兔子男在，他不覺得會出什麼問題，而在觀察過黑兔的行動後，他看出黑兔想要先過遊樂設施的意圖，於是便打算先跟他一起行動。

時間還綽綽有餘，不過他卻總有種不祥的預感。

羅本看一眼手錶確認時間，扛起狙擊槍從屋頂跳到下方的陽台。

話說回來，他剛剛透過狙擊鏡看到的不僅僅只是他們這些成員，還有「熟人」。

事情變得更有趣了，怎麼樣也沒想到，竟然會見到熟面孔。

黑兔知道剛才開槍的是羅本，如果說羅本一直都在觀察他們的話，照道理來說應該會理解他現在想做什麼。

想到自己的身後有羅本那樣的男人協助，減輕壓力的黑兔頓時感到輕鬆不少。

前往遊樂設施的路上雖然有遇到幾個敵人，不過卻都被黑兔輕輕鬆鬆解決掉，就這樣踏過屍體的他，滿身是血的來到月光下的海盜船前。

其他區域也有海盜船，不過卻沒有眼前這個來得誇張。

這艘「海盜船」完全就是照著原本的船型大小建造的，而且上面完全沒有座位，雖然能夠抓的地方不少，可是在高速啟動的情況下，並不能單靠個人的腕力來保護自身安全。

其他海盜船都是像鞦韆一樣，但這個海盜船卻是底部有著兩百度的弧形鐵軌，不是靠晃動，而是靠鐵軌推進來啟動設施。很顯然，它能達到的高度和其他海盜船不能相比，光想想都讓人頭暈目眩。

黑兔瞥了一眼周圍，可以感受到人的氣息正在逼近。

不行，沒有時間猶豫，這些傢伙的目的不僅僅只是攻擊他們而已，還打算拖延時間讓他們沒辦法打開門。

左牧不敢玩遊樂設施的事情，是他們三個人心中默認的事實，所以他得趕快達成目的才行，天曉得交給左牧的話要花多久才能完成。

他抓著船旁邊掛著的網子，往上爬到甲板之後，在船桅的位置發現啟動按鈕。

先不管為什麼遊樂設施的啟動裝置會在這種地方，不想浪費時間的黑兔，狠狠拍下啟動按鈕，讓海盜船開始慢慢往左右方向滑動。

敵人們趁幅度還沒晃很大的時候一個個跳上甲板，兩三下功夫就把黑兔包圍起來，而且他們手裡拿著的已經不是鈍器或近戰類的武器，而是槍械。

他們一確定黑兔的位置就開槍，雖說在黑夜裡視線不佳，甲板上也沒有多餘的燈光輔助，但黑兔的雙眸卻能清清楚楚看見這些人扣下扳機的動作。

黑兔眼眸裡閃過厲光，接著以輕鬆自若的移動方式避開所有子彈，彷彿能夠看得見所有隱藏在夜色中的攻擊似的。

海盜船的晃動幅度越來越高，讓人越來越沒辦法站穩腳步，開槍攻擊也因此受到影響而停止。黑兔趁這個空檔跳到船桅上方，站在只有單腳寬度的木桿，垂眼盯著底下那些被左晃右甩，想找東西抓但又沒能成功的敵人們。

果然，這些被派來的「困獸」都不是有「號碼」的殺手，雖然他可以感覺到有「號碼」的殺手在附近的氣息，不過追過來的都是些菜鳥。

只要殺死擁有「號碼」的殺手，自己就能繼承那個「號碼」並成為組織的商品——這是他們組織內所有殺手的目標，所以這些菜鳥不可能放過這個機會。

「還以為這些傢伙全跑去追殺三十一號他們，沒想到居然會跑到我這裡來。」黑兔搔搔臉頰，若無其事地讓身體隨著海盜船的幅度上升下降，比起在甲板上那些被當成彈珠甩來甩去，甚至直接掉下船的敵人們，還要更加輕鬆自若。

只要啟動海盜船，這些人就算有再強的武器也沒辦法對他出手，而他只需要待在軸心位置，隨著海盜船搖晃的弧度，隨時在船桅上朝反方向稍稍移動就好。

本來他平衡感就好，手腕力道也大，即便海盜船晃超過一百八十度他也有十足的自信能夠安然無恙。

不過，剛才那些人手裡拿著的槍威力都很強，一發子彈就有很危險的攻擊力，被打到一次都不是開玩笑的。

「哈！組織那些瘋子，為了殺死我們，甚至還提供這麼好的武器給這些蠢貨……不過這也沒辦法，之前沒能殺死我跟三十一號，現在能趁這個機會把我們兩個一網打盡，他們怎麼可能不重視。」

他不確定組織派給主辦單位的殺手人數有多少，但，少說有上百人。

全殺光不是什麼問題，因為真正危險的，是他之前感受到的那個「氣息」。

如果是「那個人」的話，確實有很大的機會和兔子男打上一架，組織肯定也會評估兔子男的能力做出這樣的安排。

不過，他記得「那個人」已經有主人了啊……怎麼可能會出現在這？

就在黑兔思考這些問題的時候，海盜船停止活動。

還待在甲板上的人，不是被弄到反胃嘔吐，就是已經頭暈目眩到無法起身。

黑兔冷哼一聲，輕巧地跳回甲板，但他的鞋底才剛踩穩不到一秒，眼角餘光閃過的黑影就讓他立刻縮起腿往後跳離原位。

事實證明，他的直覺是對的。

看著他原本所站的位置被子彈打穿，留下燒焦的彈孔後，黑兔便皺緊眉頭。

攻擊並沒有停止，隨著第一發子彈後接二連三又繼續朝黑兔開槍。

黑兔後空翻以及側身閃避，直到對方彈匣清空。

他抓準對方換彈匣的時機，立刻從甲板上跳下去，但才剛落地，他就感覺到有人從身後迅速逼近。

蹲低姿態的黑兔很難在這個姿勢下閃避攻擊，於是他迅速抽出短刀，直接往黑影的位置刺下去。

「喀。」

刀刃撞上硬梆梆的物體，怎麼樣都刺不穿，就這樣和對方呈現對峙狀態。

定睛一看，黑兔才發現擋下刀刃的是黑色的槍身。

他的力氣在組織裡可說是數一數二的大，即便是實力比他強的殺手，比腕力能贏過他的也不過只有單隻手能算得出來。

黑兔抬眸，和那背對月光，隱藏在黑色瀏海下的深邃雙眸四目相交。

當他看見對方左眼上的刀痕傷疤時，他立刻意識到對方的身分。

腦袋停止思考的瞬間，耳邊傳來一記響亮的槍響。

遠處的狙擊逼迫男人撤離黑兔面前，得到喘息空間的黑兔單手掌心用力拍向地面後，決定拔腿就逃。

男人見到黑兔想要逃走的意圖，馬上作勢追過去，但接著連發的兩發狙擊卻讓他沒辦法如願以償。

「嘖，麻煩。」

男人皺眉轉向狙擊位置，低聲咂舌。

透過狙擊鏡與男人對上眼的羅本，嚇了一大跳，下意識把身體壓低，躲在水泥牆下方位置，把自己牢牢地藏好。

回過神來之後，他才發現自己竟然在不停冒冷汗。

明明距離很遠，可是他卻覺得好像直接跟那個男人面對面似的，感覺非常奇怪。

雖說因為連續射擊的關係，很容易暴露他現在的位置，但照道理來說也只能大概知道方位才對，可是剛才那個男人很明顯就是知道他在哪。

「……哈！該死的，從那個組織出來的果然都是些腦袋不正常的變態。」

羅本苦笑，隨即立刻背起狙擊槍準備轉移位置。

他剛才是為了替黑兔解圍才開槍的，沒想到卻反而害自己被盯上。

原先是因為覺得距離很安全所以才這樣做，可他現在卻超級後悔，不過，至少他的目的達成，也算是不幸中的大幸。

趁他讓對方分心的時候，黑兔能再通過一個遊樂設施的話就好。

已經從高處俯瞰過這個區域的遊樂設施的羅本，十分確定這個地方的遊樂設施都不是給普通人玩的，就像剛才那個大到誇張，還沒有任何安全措施的海盜船，全都刻意製作成不讓人順利玩完。

很顯然，主辦單位是故意的，所以才會刻意把他們帶到這個區域，怪不得剛才那個廣播充滿著自信，覺得他們不可能在十二點前活著離開這個鬼地方。

扛著狙擊槍的羅本剛離開原本的據點沒幾分鐘，就直覺感覺到危險，促使他停下腳步，安靜地躲在柱子後面。

面無表情的男人出現在他剛離開沒多久的建築物門前，這有點扯，因為這裡距離海盜船有段距離，照道理來說不可能在短短幾分鐘內就趕到。

不過，畢竟對方是「困獸」那個變態組織的殺手，有這種程度的速度並不怎麼讓人意外，但——他現在的處境變得很尷尬就是了。

羅本沒辦法，為了避開對方只好往反方向移動，可是他才剛往前走沒幾公尺，背脊突然一陣發涼，直覺意識到危險的他立刻貼著旁邊的建築物，將自己的身體完全藏好。

「噠噠噠」的腳步聲近在耳邊，不知道是不是因為這附近很安靜的關係，聲音聽起來格外明顯響亮，不過，這並不影響羅本判斷對方的距離。

他感覺到對方正在直線接近自己躲的位置，很顯然那個人早就已經知道他躲在這裡了。

羅本嘆口氣，看來躲起來沒有多大的意義。

正當他慢慢摸向大腿，打算拔出防身短刀的時候，手腕迅速被旁邊的人抓住。

羅本嚇了一大跳，他的嘴巴迅速被對方的掌心摀住，只能瞪大雙眼盯著那張在黑夜裡特別閃亮的血色眼瞳。

是黑兔。

黑兔不知道什麼時候出現在他身旁，他完全沒有發現到，接著他就這樣被黑兔當成沙包袋扛在肩膀上，強行帶離現場。

兩人前腳剛走，正在找尋狙擊手的男人就往羅本剛才躲的位置盯著看。

他沒打算追過去，反而一派輕鬆地將雙手插入口袋。

不知道出於什麼心態，但這個危險的男人故意選擇放兩人離開。

至於在那之後，追逐在黑兔身後的那群殺手從自己身旁跑過去，他也沒有任何反應，就像是個單純的路人甲。

「臭小子長大了啊。」男人嘴裡碎念著，隨後勾起嘴角，用指腹磨蹭下巴的鬍渣，看上去心情不錯的樣子。

這短短幾分鐘的接觸，對男人來說就像是打招呼一樣的行為，不過讓他意外的是，沒想到黑兔竟然會選擇保護那個男人。

他只聽說有個普通人讓黑兔很在意，所以選擇留在那個人身邊，難道說就是剛才對他開槍的狙擊手？

明顯產生誤會的男人，就這樣一邊哼著歌，一邊走遠。

黑兔帶著羅本跑一段距離後才把他放下來。

不甘願被男人扛在肩上的羅本，臉色難看到極點，剛踩穩雙腳就用像要殺人的目光狠狠瞪著黑兔看。

「你幹什麼？」

「你的腳程慢，我扛著你比較快。」

黑兔歪頭，並不覺得自己哪裡有錯，反倒認為羅本應該感謝他才對。

羅本雖然覺得身為男人的尊嚴盡失，但又不得不承認黑兔確實沒有錯，回想起那個散發危險氣氛的男人，羅本就沒辦法繼續責怪黑兔把他當成沙包扛的事。

不過，他還以為黑兔獨自離開了，沒想到兩人離得那麼遠，還特地跑過來找他，該不會是因為他剛才暗中開槍幫忙，不想欠他才這麼做？

話又說回來，不愧是「困獸」的殺手，他不過開了三槍，黑兔跟那個可怕的男人就能立刻確定他的位置，還能在這麼短時間找到他，這對身為狙擊手的羅本來說，心情有點複雜。

他知道「困獸」的殺手都是些變態等級的危險人物，但因為平常和這兩隻兔子混的時候都沒有感覺到什麼特別的，所以有時候會忘記這兩個都是危險人物的事實。

就算黑兔看上去比兔子男正常，可這小子也是個有著怪力、擅長隱匿的殺手。

「剛才那男人是『困獸』的殺手？」

「沒錯，是六十九號。」

羅本眨眨眼，早在黑兔說出口之前，他就隱約覺得那男人是有「號碼」的困獸，不過會讓黑兔這麼警戒，很顯然實力和之前程睿翰帶來的那兩個人完全不同。

「你還真了解那些傢伙的號碼，連程睿翰帶的那兩個人也認識。」

「只是湊巧知道而已。」

「不過你們總共不是也才七十幾個人而已？沒想到這麼短時間就已經見到四個，出沒率是不是有點高？」

「幹嘛啊！我們又不是野豬什麼的，講什麼出沒率。」黑兔扁著嘴，不滿地碎碎念，「但是你說的沒錯，確實『號碼』有點過於集中了。」

即便不想承認，但事實就擺在眼前，加上六十九號的出現，更讓黑兔確信主辦單位和「困獸」有交易。

「六十九號是個問題。」黑兔認真地說：「那傢伙是『訓獸師』，是組織的非賣品……啊，我這樣講你應該聽不太懂。」

「不，我明白你的意思。」羅本嘆口氣，「你們那種取名方式，我想聽不出來都難。簡單來說那傢伙是負責訓練你們這些殺手的人吧。」

「哦哦！你反應挺快的。」黑兔雙眸閃亮，看起來是認真在稱讚羅本，但語氣卻完全沒有讚美對方的意思。

「都說了是因為你們的……算了。」放棄掙扎的羅本，果斷把話題轉回正題，「我感覺得出來那男人很危險，他居然可以從那種距離直接確定我開槍的位置，讓人毛骨悚然。」

「這很正常啊，你都開了三槍怎麼可能不知道位置。」

「……普通人不可能因為三發子彈就直接抓到狙擊手好嗎。」

「欸……好難懂。」

看到黑兔皺緊眉頭的瞬間，羅本真心想罵髒話。

他再次嘆氣，雖說現在暫時遠離了六十九號，但他並沒有覺得自己脫離危險，更何況左牧是要求他獨自行動，盡可能降低存在感，而不是像現在這樣曝光位置還惹麻煩上身。

如果是在一般「正常」的情況下來說，他當時選擇開槍並沒有什麼問題，問題在於他狙擊的目標不是普通人，而是跟「人」這個字扯不上邊的怪物。

「總之那傢伙是最需要避開的敵人？」

思索過後，羅本有點不太確信地向黑兔求證。

他原本以為黑兔會秒答，沒想到黑兔卻面色凝重，沒有回答他的問題。

「總之，這裡很危險，我們一起行動比較好。」

羅本探口氣，雖然很好奇但沒有追問，同意了黑兔的要求。

計畫趕不上變化，既然現在危險性遠超出左牧的預料，那麼他們也得彈性調整計畫才行。

「可以一起行動，但我們必須保持距離。我會在後方輔助你。」

「搞什麼？那一起行動有什麼意義！」

「剛才那個男人在我開槍之前都不知道我的位置，這證明我的隱匿能力能把自己保護得很好，所以我們只要像剛才那樣合作就好。」

黑兔雙手環胸，不太理解羅本為什麼要做出這麼麻煩的決定，明明他會保護他的，根本不需要擔心任何事。

「你可別扯我後腿。」

「不會，所以你就好好去當誘餌，玩完設施，把那扇該死的門打開。」

「啊？為什麼說得好像全丟給我的樣子！不是還有三十一號他們嗎？」

「我問你，你真覺得左牧能玩完一個遊樂設施？」

「不覺得！」

這回黑兔倒是秒答，而且還對自己的回答表現出十分肯定的態度。

當然，黑兔的想法和羅本完全一樣。

如果說這裡有像人偶屋那種類型的倒還好說，但就像故意針對左牧似的，這個區域全都是需要搭乘的遊樂設施。

也就是說，左牧「不擅長」玩遊樂設施這件事，主辦單位早就知道了。

「走吧，別浪費時間。」羅本往前走，就像是已經對這個區域瞭若指掌一樣，「那個遊樂設施應該比剛才的海盜船好過點，而且那附近剛才沒什麼殺手，應該能比較快解決掉。」

黑兔張著嘴，蹦蹦跳跳來到羅本身邊，「你什麼時候調查的？手腳還真快。」

「身為狙擊手，就得在最短時間內掌握自己所在的區域。」

「嗚哇聽起來還真帥，但坦白講就是你的個人習慣而已吧。」

「……隨便你怎麼說。」羅本朝黑兔翻了個白眼，「我可是超強的狙擊手，這種區域戰可是我最擅長的，要不然左牧也不會放我一個人行動。」

不知道是不是因為某些想法相近的關係，他跟左牧之間偶爾只需要透過眼神交流就能夠知道彼此心裡在做什麼樣的打算。

剛開始兔子男還會因為他這個舉動而對他產生殺意，但不知道是不是相處久了，又或者是偶爾會一起行動的關係，後來他在跟左牧交流的時候，兔子男就不再表現出抗拒或是警惕的態度。

他不確定這樣是好是壞，但至少可以肯定的是，如果他以後不小心被殺掉的話，凶手很大機率不會是兔子男。

「話說回來，左牧那邊的情況也不是很好。」

「他被那些菜鳥包圍應該還好吧？」黑兔不以為然地說：「三十一號發現他有危險就立刻丟下我衝過去了，所以我想應該沒什麼問題。」

「希望如此。」

羅本也覺得有兔子男在的話，左牧至少不會有性命擔憂。

可是，他卻有種沒辦法解釋的微妙不安感。

雖然他的直覺向來很準，卻希望這次不過是自己的錯覺。

／

左牧倒抽口氣，瞪大雙眼直視漆黑一片的前方。

他發現自己正掛在某個高處，身體微微晃動，不知道該不該說是幸運，他掉落的位置正好有安全網，所以沒有直接摔到地上。

透過網子他可以確定自己現在並不是在平地，但不太清楚目前所處的高度。

耳邊傳來像是撕紙的聲響，繩子又開始搖搖晃晃起來，這個發現讓左牧意識到現在不是安心的時候。

他記得自己被兔子男綁在車廂裡，然後……出發後沒多久他就突然失去意識，再次醒來的時候就已經掉在這裡了。

耳邊可以聽見軌道傳來的聲音，這表示雲霄飛車還在行進中，也就是說從他掉落到醒來為止，最多也不過幾秒鐘時間。

這種瞬間失去意識又立刻醒過來的感覺真的很糟糕，也讓左牧大概明白自己頭痛跟身體不適的來源，肯定跟之前受的傷有關。

他雖然力氣沒有兔子們大，但要抓住繩子穩定身體，咬牙撐過整趟雲霄飛車還是有機會的，只是沒想到雲霄飛車才剛啟動沒幾秒他就昏過去。

左手臂的傷口開始麻痺，幾乎失去知覺，雖然沒有辦法施力，不過手指還可以動，表示他並不是因為受傷而變成這樣，而是中毒。

他對這方面沒什麼研究，可能是量不大的關係，毒性發作的速度沒有想像中快，所以直到現在才被他注意到。

剛開始他還以為是因為失血的關係所以頭暈目眩、身體無力，沒想到居然是毒，這次運氣好暈倒的時機點是在雲霄飛車剛往上爬的階段，如果是在高速行駛下昏迷並被甩出去的話，那恐怕現在他的四肢就不會好端端地掛在身上了。

「咳、咳咳……嘔……」

一陣乾嘔，整個室內迴盪著他難受的咳嗽聲。

左牧張著嘴，口水一滴滴落在繩子上面，沒有吐出東西的感覺更加難受，整個胃部都在翻滾，就好像生重病。

他無法得知自己現在是什麼表情，但肯定是慘白到跟鬼差不多。

「……該死。」

雖然他落在安全網上，但這個繩子卻一點也不安全。剛才聽見的撕裂聲，應該就是繩子，如果他不趕快離開的話這次絕對會摔成爛泥。

才剛這樣想，撕裂的聲音再次傳入耳中，而且這次聲音比之前還要大很多。

左牧迅速抬起頭，看準離自己最近的鐵軌位置後，咬牙撐起身體，踉蹌地撲上去。

繩子「啪」地一聲斷裂的同時，左牧的身體下墜，但只有繩子摔入黑暗，左牧單手緊抓鐵軌邊緣，懸著身體掛在半空中。

他看著消失不見的安全繩，鬆了口氣。

媽的，還以為這次真的要死了。

幸好受傷的位置是在左手，如果是慣用手的話他就沒什麼信心能夠撐住身體。

不過現在新的問題是，他該怎麼上去。

光是抓住鐵軌就已經是極限，更何況他現在身體狀況不好，根本不可能靠單手把身體往上抬。

就在左牧苦惱的時候，突然鐵軌傳來震動，接著是快速滑行的摩擦聲。

——是雲霄飛車！它繞一圈又回來了？

怎麼會？雲霄飛車應該早就已經停止了才對，一場遊玩時間根本沒那麼久，為什麼雲霄飛車又回來了？

左牧臉色鐵青，即便這個室內雲霄飛車沒有光線，但他還是可以看見黑暗中有車體正在朝他俯衝過來。

雖然他不是站在鐵軌上，即便雲霄飛車衝過來也不會撞到或輾壓到他的身體，但鐵軌的強烈震動和車速很有可能會讓他失去握力。

給左牧思考的時間，僅僅只有短暫幾秒。

這短時間根本不足以讓他反應，只能眼睜睜看著車廂朝自己衝過來。

他閉上眼，手腕施力。

如今他只能咬緊牙根努力撐過這次震動，不鬆手把自己摔死。

「空隆空隆」車廂迅速通過左牧所在的位置，但衝擊力道遠超出左牧預料，加上他又因為中毒的關係身體很不舒服，結果可想而知。

手，鬆開了。

當左牧意識到自己身體正在往下墜的瞬間，他的腦袋一片空白，什麼想法也沒有，就連人常常在講的生前跑馬燈也沒看到。

下墜一段距離後，他掉進一雙手臂裡。

因為墜落的感覺和想像中不同，所以左牧有點嚇到，睜大眼才發現有人接住了自己。

「你、你怎麼會……」

令他意外的是，應該在站台等他的兔子男居然會出現在鐵軌下方，就好像早料到他會摔下去似的等著接住他。

兔子男斜眼睨視左牧，面無表情，就這樣直接抱住他跳到其他鐵軌上去，並順著往下回到雲霄飛車出入口所在的樓層，途中還靈巧地閃避橫衝直撞、完全沒有要停止的雲霄飛車。

左牧不知道的是，兔子男在看到車廂回到站台並沒有停止，繼續跑第二圈的時候，就立刻注意到不對勁，尤其是他並沒有看見左牧。

於是他當下立刻衝到鐵軌上，沿著進入雲霄飛車的軌道區域，即便周圍黑暗，但他仍然能夠透過人的喘息聲發現左牧的位置。

兔子男在雲霄飛車通過左牧所在的地方之前，先行來到正下方，及時接住下墜的左牧。

雖然他看起來很冷靜，但實際上卻鬆了一大口氣。

要是他再晚來幾秒，恐怕就不會是這個結果。

光想到可能會看到左牧的屍體躺在地上，兔子男就覺得身體裡的血液全都凍結，不敢再繼續想下去。

他靜靜地抓緊左牧的手臂，往逃生出口的方向看過去。

即便視線不佳，但他仍能清楚看到左牧的臉色不是很好。

之前明明沒有中毒現象，是慢性毒嗎？

要是知道左牧狀況不好，他就不可能讓左牧一個人去搭乘遊樂設施。

「哈……哈啊……」明明眼皮很沉重，左牧還是撐開了自己的雙眼，「沒事……我沒事。」

聽見左牧說的話，兔子男忍不住皺眉。

怎麼可能不要緊，毒性一旦開始對人體產生反應的話，接下來只會惡化。

想著要趕緊帶左牧去找羅本的兔子男，從雲霄飛車的逃生出口離開。

然而他沒想到一打開門就聽見機械小鳥拍打翅膀的聲音，以及二十人左右陣仗的殺手團體，像是早知道他會從哪裡出現一樣，出現在他們面前。

戴著太陽眼鏡的男人單手扠腰，另一手輕輕轉動著手槍，勾起嘴角向兔子男親暱地打招呼：「好久不見了，三十一號。」

兔子男沉下臉，用陰森可怕的神情瞪著男人。

除男人之外的殺手，全都被震撼到冷汗直冒，下意識產生恐懼感。

明明他們人數多，而眼前的兔子男不過只有一個人，手裡還抱著半死不活的同伴，可是他們卻不覺得自己占上風。

男人收起笑容，舉起槍對準兔子男懷中的左牧。

兔子男意識到男人的想法，迅速用手臂護著左牧閃開槍口。

子彈劃破兔子男的衣服，沒有傷到左牧，但男人的行為卻讓兔子男露出想要將人千刀萬剮的可怕眼神。

男人故意這麼說，是為了惹怒兔子男，好讓他沉不住氣，主動攻擊他們，可是兔子男卻沒有這樣做。

他靜靜地往後退一步，進入逃生出口的門裡，然後「啪」的一聲將門關上。

現場安靜了五秒。

等所有人回過神來的時候，發現彼此都在互相用眼神詢問對方「現在是什麼狀況」。

剛剛那隻兔子，是躲回兔子洞了嗎？

指南九：捉兔子的殺手們

培養兔子男的殺手組織——困獸。

那是一個單純培育殺手的地方，孩子們從年紀很小、還不懂事的時候就被組織帶往訓練機構，在那裡培育殺手技能、學習各種必要技術和知識。

「困獸」實行的是軍事教育，而從小培養起的殺手，不但能夠更好控制，「品質」也會高出許多，這對將殺手們當作「商品」的困獸來說，是非常重要的。

在組織內，只有得到「號碼」的殺手能夠擁有買賣資格，所以只要是從機構培養出來的殺手，會像無頭蒼蠅一樣拚命奪取號碼。

想要得到「號碼」並非難事，只要殺了擁有「號碼」的殺手就可以繼承他。

而兔子男，是創下組織最年輕取得「號碼」紀錄的殺手。

成為「商品」的他，當年不過才七歲，就用一把生鏽的美工刀殺死了比他身材高大很多、且經驗豐富的殺手。

面對瘋子般的男人，沒人敢輕舉妄動。

在兔子男將逃生門關閉後，門外的那群殺手們沒有人敢輕舉妄動，天曉得當他們打開門的瞬間會發生什麼事。

那可是怪物等級的殺手，如果不是在視線範圍內和他對抗的話，很難保證自己的人生安全。

當然，兔子男也很清楚這些人心裡的想法，所以才會選擇撤回漆黑的室內。

漆黑空間裡迴盪著雲霄飛車在鐵軌上衝刺的聲音，並沒有掩蓋左牧急促的呼吸聲，他因痛苦而皺緊眉頭、滿頭大汗的模樣，讓兔子男內心焦躁不已。

他透過左牧的呼吸聲判斷自己還有多少時間能行動，很可惜的是，時間不足以讓他把外面那些礙手礙腳的傢伙全部殺光。

雖說他知道主辦單位肯定有解藥，可是左牧沒有時間可以再等，他只能先想辦法跟羅本會合。即使解毒並不是羅本的專長，但至少他會比自己更有辦法。

這扇逃生門無法從外面打開，所以勉強還能爭取一點時間。

兔子男看了一眼周圍，尋找安全的角落，小心翼翼把左牧放下來。

他撕開左牧的袖子，低頭將嘴巴貼在傷口上面，大口吸取血管內的毒素。

因為時間過去有點久的關係，吸出來的毒十分有限，這麼做起不了太大作用。

即便知道這麼做有點晚，兔子男仍把扯下來的袖子做為繩子，綁在傷口上方，就算沒辦法阻止毒素繼續擴散，但至少能稍微止血。

兔子男從長褲旁的側袋裡拿出一根注射器，向下打在左牧的大腿位置。

這是他為了對付敵人準備的麻醉藥，原本不該用在左牧身上的，可是現在讓左牧睡一下對他比較好，更重要的是，他不希望當左牧醒來時看見他做了什麼。

碰的一聲巨響，逃生出口被爆炸力道由外向內打飛。

爆炸的力道很強，但只有毀掉門附近，牆壁雖然被燒黑但並沒有受損多少。

透過飄過來的氣味，兔子男知道那些人是用塑膠炸藥把門毀掉。

蹲在地上的他，安靜無聲地抽出軍刀，叼在嘴裡，輕輕地隱入黑暗中。

「啊，煩死了！快點把人找出來，別浪費時間！」剛才像兔子男打招呼的男人率先走進來，對於鐵軌聲非常不滿，但他並沒有理會，而是指揮其他殺手行動。

殺手們不敢不聽話，咻的一聲各自四散。

光是一個動作，都可以知道這些殺手每個人的能力都和之前遇到的不同。

他們並沒有使用槍，而是選擇用近身武器，並不是因為對自己的槍法不信任或是怕傷到同伴，是因為他們打算用暗殺的方式來對付兔子男。

然而，不到三十秒，一名殺手的屍體從高空墜落，不偏不倚地砸在發號施令的男人腳邊。

男人雙手環胸，失笑道：「動作還真快。」

原以為離開組織，生活過得很安逸的兔子男會變得生疏，但現在看來，根本就不需要擔心這種愚蠢的問題。

那傢伙天生就是個殺人魔，怎麼可能會因為太久沒殺人而變得遲鈍。

「咚咚。」

在他思考這件事的時候，黑暗中又傳來兩聲巨響。

即便沒看見，男人也知道是兩具屍體。

單手抓住鐵軌邊緣，看著剛才摔落地面的兩名殺手，兔子男只是冷冰冰地盯著看，隨即從眼角餘光注意到閃過來的白光，便鬆手讓自己墜落到下層的鐵軌。

閃過去的刀尾端有繩子連接，沒刺到目標後便立刻被收回。

兔子男順著繩子的回收方向，二話不說衝過去，當短刀回到對方手裡的同時，兔子男也已經低身鑽入對方的胸口。

大概是沒料到兔子男的速度比自己收繩的速度還快，連反應的時間都沒有就先被兔子男抓住。

「嗚……」男人被掐住喉嚨，臉色蒼白，非常痛苦。

兔子男無視對方的表情，朝旁邊看了一眼，像是在確認什麼。

在此同時，其他殺手意識到兔子男現在沒有辦法出手，瞬間三個人從背後出現，幾乎在同個時間點刺向兔子男。

根本沒把這些人放在眼裡的兔子男，直接掐著手裡的男人甩過去，直接把他當成肉盾將那些人甩飛，接著拽緊這個殺手剛才使用的繩索刀，單手甩動後俐落地掃在這群人身上。

那些人看見刀子，嚇得不輕，咬緊牙根拚命閃躲，但沒能成功。

他們的身體和四肢布滿刀痕，雖然不深，也不是什麼致命傷，可是這些人卻嚇得臉色蒼白。

兔子男沒錯過這些人的反應，但他卻果斷放棄繼續進攻，拖著不斷掙扎的男人跳到旁邊的鐵軌上面，將人留在那之後迅速跳開。

這名殺手搖搖晃晃地，還來不及起身，就直接被高速衝撞過來的雲霄飛車輾過，全身骨頭被撞斷、扭曲，墜落地面。

他的死狀，就跟前幾個掉下去的屍體一模一樣。

兔子男沒有停止行動，繼續用同樣的方式，憑藉自己怪物般的動態視力以及對聲音的敏感度，捕捉雲霄飛車的位置，並利用它處理掉殺手們。

即便「殺人」這件事違反左牧對他下達的命令，但在這種情況下，兔子男別無選擇。再說，對手是「困獸」的人，根本不用顧慮。

兔子男殺得很開心，嘴角不自覺上揚，久違地感覺到快樂，因為他已經很久沒有像現在這樣享受著單純的殺戮行為。

原本二十多人的陣仗，眨眼速度就被兔子男殺到只剩個位數。

而他，還沒打算停止。

雲霄飛車的鐵軌下方已經全都是屍體，鐵軌上也鮮血淋漓。

此時此刻，在這漆黑的遊樂設施空間儼然成為地獄般的景象。

從開始到現在，不過才二十多分鐘的時間，連半小時都不到，在這短短時間內兔子男奪走的人命，完全就是不科學的統計數據。

最後，兔子男終於落地。

軍靴踩踏在鮮血上的黏膩聲，並沒有被雲霄飛車的巨響干擾，反而更加明顯，同時也能讓對方明確知道兔子男正一步步接近自己。

他抬起頭直視對方的笑臉，彷彿那些殺手的死根本就和他沒有半點關係。

兔子男將嘴裡叼著的軍刀取下來，用右手反握，但是並沒有擺出任何想要攻擊的架式，似乎不在意男人會不會動手。

又或者是，他很清楚對方不可能殺得了他。

和其他殺手交手過的兔子男，肯定知道刀上有毒，而這個毒就跟刺傷左牧的刀子上塗抹的毒是一樣的。

不過，兔子男並沒有向他討解毒藥，因為他很清楚男人沒有那種東西。

「困獸」的殺手使用毒藥時根本不可能攜帶解毒藥，因為組織規定得很清楚——用藥上不允許任何失誤，失誤的話就會死亡。

不拿自己的命去賭，他們殺手的投毒準確率不會達到百分百。

還活下來的殺手隱身在黑暗中，雖然有想要攻擊的意思，但是沒人敢出手，這讓男人忍不住想笑。

怪不得這些傢伙永遠都不可能拿到「號碼」，面對強大的敵人便怕到躲起來，根本就是丟他們組織的臉。

男人笑嘻嘻地對兔子男說：「你果然是個怪物，三十一號。」

話剛說完，兔子男就飛快轉動手裡的軍刀，用力朝男人的臉扔過去。

男人沒有閃躲，而刀子也只是劃過他的眼角，狠狠插在後方的牆壁上面。

他冷靜地繼續說下去：「我也只是接受命令而已，原本想說如果你變遲鈍了的話，還有奪號的可能性，畢竟我帶來的那些殺手也不是什麼菜鳥，但沒想到你居然把他們殺到只剩下幾隻。」

兔子男沒有興趣地轉過身，他要去的地方，已經十分明確。

男人沒有留住兔子男，而是看著他消失在黑暗中，再次出現時他懷裡抱著虛弱的左牧，面無表情地從他身旁走過去。

擦身而過的瞬間，男人感覺到寒毛直豎，直到兔子男離開為止他都沒有轉身。

／

兔子男背著左牧隱藏在陰影處移動。

這個區域的殺手人數越來越多，尤其是在遊樂設施附近徘徊的人遠比其他地方還要集中，即便都是些陌生面孔，兔子男也能百分之百確定他們全都是組織派來的殺手。

不過，這些殺手之中都沒有「號碼」。

之前那麼頻繁出現在他們面前，現在卻不見蹤影，老實說讓兔子男有點起疑。

說到底，「困獸」這個組織根本就不需要特地和主辦單位合作，即便他們沒有在那些有錢人面前展示自己的「商品」，也不缺買家。

一堆想擁有「困獸」的買家都已經排隊排到天邊去了，但他們現在卻派十三號那種等級的殺手來這裡協助主辦單位，怎麼想都覺得不對勁。

兔子男很想尋求答案，最快的方式，就是找到十三號直接問清楚。可是，現在他沒有那個時間和餘力，對他來說讓左牧活下來，比任何事都重要。

他越想越自責，自己不該離開左牧身邊，讓那些殺手有機可乘，雖然他跟黑兔早在進入樂園那時就已經注意到隱藏在周圍的殺手們，但是沒有當下剷除，才會留下後患，導致左牧受傷中毒。

兔子男越想越憤怒，但他最不能原諒的對象，是太過鬆懈的自己。

因為知道自己絕對有把所有礙眼的人殺死的實力，所以才鬆懈了。

左牧的身邊，就不該留下任何可能會對他產生危害的因素。

「呼……呼……」左牧的喘息聲突然變大，原本昏睡過去的他，在兔子男的背上慢慢睜開眼。

他發現自己的身體正上下晃動，眼前的風景快速略過，就立刻明白現在他是被兔子男扛在背上跑。

除此之外，還有很濃的血腥味。

即使沒有看到剛才發生什麼事，但左牧仍能快速判斷兔子男之前都做了些什麼。

再次進入主辦單位的遊戲之中，左牧本來就不覺得兔子男仍能繼續維持不殺人的紀錄，倒不如說他覺得原本是「困獸」殺手的兔子男能忍到現在，已經很不錯了。

左牧想著這些對現況來說沒有任何幫助的瑣事，直到感覺兔子男停下了腳步。

他不知道兔子男為什麼停下來，但隨即而來的毛骨悚然感，讓他意識到情況不妙。

眼角餘光可以看見後面的路被人影阻斷，看樣子應該是被發現了。

「這傢伙……是三十一號？」

「該死，現在不是好機會嗎？」

「……哈！殺了這傢伙，奪取他的號碼……感覺真不錯！」

殺手們你一言我一語，用著顫抖的口吻在兔子男面前大放厥詞。

他們並不是對自己的實力充滿自信，是因為兔子男背著左牧這個累贅，面對無法攻擊、拿武器的兔子男，他們再怎麼樣也不可能輸。

然而當他們看見兔子男用冷冽的目光惡狠狠瞪過來的瞬間，剛說出口的話，又硬生生嚥下去。

可怕、好可怕。

明明知道兔子男沒辦法攻擊，為什麼他們卻遲遲沒辦法出手攻擊？

左牧感覺到兔子男放在屁股上的手臂肌肉繃緊，他知道，兔子男沒有耐心繼續等這些人先行動。

他稍稍彎曲膝蓋蹲低，接著用比之前還要快的速度跑向正前方的殺手們。

這些殺手見到兔子男主動接近，立刻各自握緊手裡的武器，但連槍都來不及開，持手槍的殺手的臉就被高高跳起的兔子男狠狠踩在腳下。

碰的一聲，兔子男伸直踏在他臉上的那隻腳，以單腳的力道用力把人踩進地面之中。

地面微微裂開，可想而知力道有多麼強勁。

其他人都看傻了眼，誰也沒想到兔子男竟然單用一隻腳就打倒他們一個人。

而且時間前後，不過才短短幾秒鐘。

離倒地的人最近的殺手們立刻各自向後退開，與兔子男保持安全距離。

兔子男慢慢把左腳放下，轉瞪向右側的殺手們。

映入兔子男瞳孔裡的殺手們頓時臉色鐵青，就這樣眼睜睜看著他背著左牧跑遠，沒有半個人敢追過去。

他們連兔子男的速度都追不上，怎麼可能殺得了這個男人。

兔子男很清楚這些殺手的程度遠不及自己，只要給他們一點下馬威，給予足夠的震撼和威脅，就能夠全身而退。

然而第二次被攔截，兔子男提前停下腳步，連被他背著的左牧都能感覺到他正在警戒前面的人。

他沒有力氣撐起自己，所以沒辦法看見擋在兔子男面前的人是誰。

兩人都沒有開口，接著左牧就感覺到身旁吹過一陣烈風。

腦袋還沒反應過來，眼前就清楚看到白光劃過，若不是兔子男反應快，側身閃避，恐怕他此時已經被刀子砍傷。

對方來到側邊，左牧總算能夠看清楚對方的模樣，然而緊繃的心情都還沒來得及鬆懈，兔子男又迅速蹲下身，閃過從頭頂橫掃過來的踢擊。

兔子男沒有立刻停止，蹲低後立刻跳開，前腳才剛離開地面，立刻就傳出槍聲，子彈不偏不倚地打在他剛才站的位置。

可能是因為對方攻擊過來的路線，給予兔子男能夠撤退的空間十分有限，雖說成功閃開攻擊，但兔子男仍被子彈劃傷手臂。

不過，兔子男並不在乎，眉毛甚至連動都沒動一下。

左牧斜眼睨視敵人數量，總共有三個人。

雖說人數不多，但這些傢伙的程度很顯然跟剛才那群烏合之眾完全不是同個等級，而且從兔子男警戒的態度來看，恐怕比剛才遇到的那批殺手要來得強。

左牧知道兔子男並不打算在這裡浪費時間，這些人很明顯就是派來拖延時間，目的就是想讓他活生生被毒折磨至死。

過多的危險和一開始就受傷中毒的自己，成為兔子男最麻煩的拖油瓶，同時也打亂了左牧最開始的計畫。

遊樂設施的安全性完全不是問題，因為最大的危險是這些和他們一起被關在封閉區域的殺手們，而且還會隨著每個小時增加人數才是最棘手的。

主辦單位擺明了，就是打算在這個地方把他們收拾掉。

進入這裡前，機械小鳥說的內容他還記得很清楚。

「十二點過後區域內會進行消毒，所有人員必須撤離」這段話雖然聽起來好像沒有什麼奇怪的地方，但如果換作主辦單位的思考模式，就可以理解。

——意思是不管他們要花多少時間才能打開那扇門，如果不在十二點前離開的話就沒有任何意義，因為十二點過後，這個區域將不會有任何「生命」存在。

就像以前待的那座「島」一樣。

左牧用刺痛不已的腦袋瓜，努力想找出新的對策，但三個殺手卻默契很好，同時上前，似乎不打算給兩人喘息時間。

他們各自使用不同武器攻擊，就像是在測試兔子男的瞬間反應力，可怕的是，兔子男全部閃過了。

兔子男完全沒有陷入危機的感覺，他一邊護著背後的左牧，一邊看清楚對方的攻擊路線，速度快到完全不像是背著人、行動受到限制的樣子。

甚至，兔子男從這些人的配合攻擊中抓住空檔，往前踏步鑽入赤手空拳的殺手脖子位置，狠狠地向上一撞。

攻擊會露出破綻，另外兩個人就在等這個機會。

銳利的軍刀插入兔子男的上臂，持槍的殺手同時扣下扳機。

伴隨槍響之後，是清脆的金屬碰撞聲。

兔子男利用插在手臂上的短刀，迅速轉身，準確找到子彈射擊路線，利用刀子的金屬手柄把子彈反彈回去。

子彈反射，貫穿持槍殺手的掌心。

剛被頭頂碰下巴的殺手現在才回過神，但兔子男卻又直接用頭狠撞他的鼻子。

喀嚓一聲，鼻骨斷裂，血流不止的殺手摀著鼻子、狼狽退後。

兔子男也因此頭破血流，可是他不在乎。

持刀殺手想將自己的刀收回來，趁這個機會抓住金屬刀柄，但很奇怪的是，不管他怎麼使力，就是沒辦法把刀從兔子男的手臂裡拔出來。

結果，反而他還被限制住。

兔子男知道他想拿回自己的刀，所以手臂施力，應用肌肉把刀身緊緊卡在手臂上，說什麼就是不讓他得逞。

看見滿頭是血的兔子男轉過來，那瞬間，持刀殺手寒毛直豎，下意識放開金屬手柄。

兔子男原本已經想好要怎麼收拾掉這個傢伙，但耳邊卻突然伸出一把手槍。

左牧大聲下令：「閃開！」

兔子男乖乖聽話，立刻把彎下身，將背後的左牧挺起來。

雙手扶著槍托的左牧，穩定地朝持刀殺手連開兩槍，貫穿他的左腿和右手。

持刀殺手怎麼樣也沒想到左牧竟然還有力氣，受傷的他蹲在地上動彈不得，但開槍的左牧也沒好到哪去。

開兩槍已經是他的最大極限，後座力讓他的雙手麻痺、顫抖，沒辦法好好握住手槍，就這樣掉在地上。

「哈……哈啊……哈……」

左牧虛弱地癱在兔子男背後，這讓兔子男慌張不已。

「沒、沒事……快走……」左牧努力擠出說話的力氣，安撫兔子男，「你不是要去找羅本嗎……」

左牧說完後，就半昏迷過去。雙眸半閉的他看起來很像是失神，讓人沒辦法確定他是不是還有意識。

兔子男有些不知所措，但他也沒有放鬆戒備。

被兔子男打到滿臉血的殺手，氣憤地撿起同伴掉落的手槍，迅速舉槍瞄準兔子男，可是他還沒來得及扣下扳機，腦袋就已經被人從後面開槍打穿。

接著第二發子彈掠過兔子男，直接射向停在後方樹枝上的機械小鳥。

機械小鳥沒能來得及閃躲，毀損後直接墜落在地上，發出漏電的滋滋聲。

「呀！在搞什麼啊你！」

頂著一頭閃閃發亮的金髮男子，氣憤地衝向兔子男，路過掌心被子彈貫穿的男人時，還不忘朝他的臉頰踹一腳洩憤。

兔子男看見對方走過來，只是沉默，但是當這個人伸手想要碰觸左牧的時候，他瞬間變臉，差點沒把金髮男嚇死。

「該死！你還是這麼誇張，我只是想看看小牧的狀況。」

兔子男皺了下眉頭，斜眼看向對方握在左手掌心裡的東西，十分警惕。

金髮男知道他在顧慮什麼，原以為藏在手裡就不會被發現，沒想到這隻兔子的嗅覺還挺靈敏的。

於是他嘆口氣，在兔子男面前攤開掌心。

是個裝著透明液體的注射器。

「我是來替小牧解毒的。」金髮男抬眸，和他對視，「你該不會連我說的話都不信？」

兔子男仍扁著嘴表現出自己的不滿，但他沒有拒絕，只是心不甘情不願地讓金髮男靠過來，將解毒劑注入左牧的身體。

金髮男把注射器收入口袋，不打算留下任何痕跡，這讓兔子男意識到這個解毒劑恐怕不是從主辦單位那裡拿到的東西，要不然不會特別留意。

接著他對兔子男勾勾手指，態度傲慢地說：「安靜跟我來。」

兔子男臉上寫滿不屑，可是顧慮左牧的情況，不得不選擇跟對方走。

離開前他不忘把持刀殺手踹暈，確定三人都失去意識後才走遠。

左牧的呼吸稍稍恢復平順，但臉色還是很難看，擔憂他安危的兔子男不由得加快了步伐，甚至有點催促金髮男的意味。

「哈！真是……」

差點被甩在後面的金髮男，忍不住碎碎念。

還真是心裡只有左牧的忠犬啊。

／

第二次恢復意識的左牧，感覺到的不是頭痛，而是四肢劇烈的痠痛感。

就好像是被人扯著手腳一樣，又痠又痛，讓他很不願意挪動自己的身體，但是當他翻過身之後，眼前見到的卻是溫暖的火光，以及面對鐵桶內的火堆，只照出半張臉龐的熟悉面孔。

左牧一看到他，猛然撐起身體，但才隔沒幾秒鐘時間就又痛苦得趴下來。

這時他發現自己正躺在柔軟的沙發上，還蓋著一條破破爛爛的薄被。

由於身體除痠痛之外，那些反胃、頭痛等等的中毒反應全部消失，再加上坐在那裡盯著他看的男人，讓左牧很快就意識到自己已經順利解毒，而四肢痠痛，恐怕就是解毒後的不良反應。

「你怎麼會在……哈啊，算了。我大概猜得到是誰派你過來的。」

原本盯著他看的那雙眼，稍稍彎起眼角，但仍態度傲慢地用手肘托著下巴，不發一語。

喉嚨乾癢的左牧突然咳了兩聲，正巧被剛拿著礦泉水走進來的兔子男看見，嚇得他迅速衝到左牧面前去，緊張地抓住他的肩膀。

左牧感覺到喉嚨像是被針刺一樣難受，不過比起喉嚨，被兔子男抓住的地方反而更痛，就好像是要把手指插入他的身體裡似的，兔子男完全沒有調整力道。

「……放開我。」

左牧沙啞的聲音，加上他輕咳的表情，讓他看上去十分虛弱。

兔子男猛然回神才發現自己沒有留意力氣，匆忙收回手，撿起掉落在地上的礦泉水瓶，小心翼翼在他面前蹲下來，仰起頭盯著他看。

那副可憐兮兮的模樣，令一旁的男人不屑咂舌，但兔子男卻完全沒聽進去。

兔子男把礦泉水塞進左牧手裡，左牧苦笑看著瓶身沾滿泥土的礦泉水，輕輕扭開瓶蓋後將水大口送入喉嚨。

直到喝完半罐，喉嚨才稍微舒爽點。

他感覺自己的體溫似乎有些高，不過相較於剛才中毒時的狀況已經好很多。

毒，是那傢伙幫他解的吧。

「不管怎麼樣，還是先謝謝你。」左牧用兩指夾著瓶口，一邊晃動水瓶，一邊轉頭對那已經將身體向後靠在牆壁上的男人說道，並清楚喊出對方的名字。

「邱衍少。」左牧垂下雙眸，沉著臉追問：「你來這裡做什麼？」

目中無人的傲慢態度，掛在嘴邊那抹熟悉到不行的不屑笑容，身穿白袍、臉色蒼白的男人，正是曾和他短暫有過合作關係的邱衍少。

他記得邱衍少後來為陳熙全工作，不過他並不清楚邱衍少實際上是在做些什麼樣的工作，只知道陳熙全投入大量資金協助他的研究。

至於那些曾在島上跟隨邱衍少的面具型殺手們，似乎在那之後就被陳熙全安排去做其他工作，沒有留在他身邊。

邱衍少對此並沒有什麼想法，更正確點來說，他根本就不在乎。

在這個男人眼裡，沒有什麼事比自己的研究更加重要。

無論是人的信任、金錢，還是地位，對邱衍少來說都不是最優先考慮的事情。

邱衍少確實是個怪人，而且絕對不能說是個好傢伙，更不用說他還曾毒殺他人，或是拿人作為實驗對象，但可笑的是，這個男人在這個時機點出現在他面前，卻是比任何人都要能讓人安心的存在。

邱衍少輕輕用食指拍打臉頰，簡潔有力地說出兩個字：「工作。」

「……陳熙全要你過來的？」

「我也是絕望樂園的玩家，只不過比你來得早而已。」

「來得早？你來這裡做什麼？」

邱衍少冷冷的上下打量左牧，噗哧一聲笑道：「你還是先管好自己的事再來擔心我吧，看你半死不活的樣子，我還以為是多厲害的毒。」

果然，是邱衍少幫他解毒的。

能夠讓中毒這麼深的他在短時間內解毒並恢復意識，這種是除了邱衍少之外，恐怕沒人能做得到。

他很意外會在這裡遇見熟人，雖然邱衍少沒有說出自己的目的，但左牧心裡卻已經有了個底。

「是程睿翰告訴你我今晚的行動？」

他們五個人今天晚上會留在樂園的事情，只有程睿翰知道，而且看邱衍少的態度，並不像是跟他們偶然相遇，否則不可能這麼剛好，隨身攜帶解毒劑。

邱衍少沒有隱瞞的意思，因為他知道只要看到他，左牧肯定會猜出個大概，畢竟他就是腦袋特別靈光的男人。

「你不用管那些瑣碎的小事，總之，你只要知道你的命是我救下來的就好。」邱衍少說完便起身往門口走過去，離開前突然停下腳步，回頭對左牧說：「反正你之前也救過我，就當還你的。」

把話說完後邱衍少便離開，而他後腳才剛踏出去，就正好和剛想進來的金髮男擦身而過。金髮男一見到邱衍少要走，匆匆抓住他的手臂攔住。

「欸！我才剛回來，你要去哪？」

邱衍少皺緊眉頭，並用力將手抽回去。

「我會待在外面等，給你三分鐘的時間。」

「三……喂！你說那什麼……給我站住！混帳！」

金髮男被氣到咬牙切齒，但又沒辦法阻止邱衍少，只好趕緊跑到左牧面前，用閃閃發光的表情以及興奮的口氣向左牧打招呼。

而左牧也在看見金髮男之後，驚訝地瞪大眼。

「好久不見！小牧！」

「你、你不是黃耀雪嗎？為什麼你也在這……不對，你怎麼會跟邱衍少在一起？」

他很意外，沒想到曾經是玩家的兩個人如今居然會一起行動。

而且這兩個人之前根本沒有什麼交集，個性也是天差地遠，感覺搭檔起來真的會出大事。

黃耀雪一臉無奈地說：「小牧你相信我，我絕對不是自願跟那傢伙待在一起的，真的是非不得已。」

「……看得出來。」

「我現在跟那傢伙是合作關係，陳熙全說你需要幫忙，所以就提早安排我們兩個來這裡。」黃耀雪邊說邊抬起右手，亮出手環給他看，證明自己說的是事實。

因為剛才光線太昏暗，所以左牧完全沒注意到他們手腕上的手環，不過多虧黃耀雪的坦白，讓他確定自己的猜測沒錯。

黃耀雪看向他的眼神依舊閃亮，和邱衍少的冷眼有很大的落差感。

不過，黃耀雪的話卻讓左牧陷入沉思。

「提早安排邱衍少和黃耀雪進入絕望樂園」這句話的意思就是說，陳熙全早就知道主辦單位會抓走謝良安，如果是這樣的話，就表示陳熙全是利用謝良安做為誘餌，勾引主辦單位主動出手？

如果是這樣的話，陳熙全真正的目的恐怕就不是「把謝良安帶回來」這麼簡單而已。

「黃耀雪，你還知道些什麼？」

黃耀雪搖搖頭，「陳熙全只有讓我們暗中協助你，除此之外的我不太清楚。」

「大概就算你問了那傢伙也不會說吧。」

「對啊，你也知道那男人就愛搞神祕，雖然我是真的受到他不少幫忙，但偶爾還是很想偷偷把他幹掉。」

「哈啊……我也是。」

一旁的兔子男聽見左牧這麼說，立刻亮出自己的短刀，眼神認真的模樣就像是在說要幫他達成願望似的。

左牧頭疼地扶著額頭，「給我放下武器，蠢兔子。」

兔子男默默放下刀子，可憐兮兮地垂頭蹲在旁邊。

左牧看了一眼兔子男悲傷的背影，視線不自覺挪到他的手臂。

「我昏迷多久？」

「大概二十分鐘。」黃耀雪很快就能回答，因為他擔心得不停看手錶。

邱衍少說左牧大概十幾分鐘就會醒來，但他卻拖到二十分鐘後才睜開眼，所以讓黃耀雪很焦躁。

結果他就被邱衍少嫌礙眼，強行逼到外面去巡邏一圈再回來。

幸好他回來之後就看到左牧沒事的樣子，要不然他真的覺得自己會忍不住揍邱衍少一頓。

「時間不多了，我得趕快去玩遊樂設施。」

左牧說完後便起身，但是卻突然使不上力，雙腿一軟，差點沒摔倒在地。

兔子男和黃耀雪反應很快，一人一邊拉住左牧的手臂，才沒讓他摔傷。

左牧有點被自己嚇到，眨眨瞪大的雙眸，冷汗直冒。

「謝……謝謝。」

「你不多休息一下嗎？」黃耀雪擔心的說：「雖然剛才我已經稍微替你包紮了，但你流的血有點多，要休息才行。」

他邊抱怨邊不屑地小聲說：「我也順便幫你那隻寵物包紮了一下，那傢伙的傷口真的有夠可怕，虧他還能在受傷的情況下背著你跑來跑去。」

「沒關係，我得趕快去玩遊樂設施，這樣才能開門……」原本還在小聲回答黃耀雪的左牧，突然像是想到什麼事情一樣，猛然抬起頭看著他。

被左牧這樣直勾勾盯著看，讓黃耀雪心跳得飛快，忍不住緊張起來。

「怎、怎麼了？」

「你跟邱衍少是怎麼進到這裡來的？這個區域應該是完全被封閉的才對。」

「啊——」意識到左牧想問什麼的黃耀雪，爽快地回答：「當然是從後門進來的，絕望樂園的每個區域都有後門，再怎麼樣也不可能封閉到連隻蒼蠅都飛不進去。」

「後門」兩個字讓左牧勾起嘴角，一下子想到能夠輕鬆通關的方法。

這個方式能讓他拿到三百張通行證，同時得到三個發問權機會，還能讓主辦單位乖乖把謝良安還回來。

左牧露出久違的輕鬆笑容，轉頭向兔子男下令：「兔子，去把羅本和黑兔帶來。」

接著他對拉著他另外一隻手臂的黃耀雪說：「把出口位置告訴我，我們跟你們一起從出口離開。」

黃耀雪聽到左牧這麼說，立刻點頭，但他有些困惑。

「要這麼麻煩嗎？反正你玩完三個遊樂設施就能把門打開。」

主辦單位透過廣播和左牧交易的內容，黃耀雪和邱衍少都聽得很清楚，所以規則他們也都知道。

即便那些傢伙本來就不是些什麼好人，但至少他們都會乖乖照著遊戲規則走，而且以左牧他們的能耐，絕對能夠把門打開。

所以，黃耀雪不懂為什麼左牧要跟著他們一起走後門。

左牧冷哼道：「主辦單位本來就不打算讓我們活著離開這個區域，你覺得那扇門打開後，在門外等著我們的會是什麼？」

「呃，難道說那傢伙打算說話不算話？」

「他們只會想辦法鑽規則漏洞而已，就像我一樣。」

黃耀雪還是不太明白，但既然是左牧說的話，那他就覺得沒問題。

於是他點點頭，爽快答應下來。

「我會去跟邱衍少說，那傢伙雖然煩，不過光靠他自己的話沒辦法從後門走出去的，所以他才會乖乖等我，要不然他早就一個人先落跑了。」

雖然仍有些不捨，可是想到還能見到左牧，黃耀雪心情就稍微好一點。

他很羨慕能陪在左牧身邊的兔子男，同時也十分嫉妒能夠被左牧重視的他。

兔子男感覺到黃耀雪對自己的敵意，不以為然，倒不如說完全沒放在眼裡。

「快去，兔子。不用擔心我，有黃耀雪在我不會有事。」

左牧催促兔子男去找羅本和黑兔，但他沒注意到的是，當黃耀雪聽見他說的這番話之後，露出欣喜的表情。

看在兔子男眼中，他的表情十分礙眼。

礙眼到他想現在立刻拿刀切開那個男人的脖子。

但，他忍住了。因為他知道左牧絕對不喜歡他這麼做。

兔子男鬆開抓住左牧的手，點點頭之後，從旁邊的窗戶鑽出去。

面對不走門選擇走窗戶的兔子男，左牧也是一臉茫然。

「好了，黃耀雪。」左牧轉過頭來，對著傻愣愣盯著他看的黃耀雪說：「我們還有很多事情要聊。」

「是想要分享情報？我當然非常樂意。」

黃耀雪像是料到左牧會這麼問一樣，早就做好準備。

看樣子他們接下來要聊的，不是三分鐘能夠結束的話題。

當羅本和黑兔被兔子男「抓」回來的時候，黃耀雪和邱衍少已經離開。

兔子男很高興，因為他本來就不喜歡黃耀雪總是黏著左牧，還親密地喊他名字，而且左牧為了取得情報，老是和他說話，這也讓他很鬱悶。

黃耀雪看上去大剌剌的，像是個什麼都沒想的笨蛋，但實際上卻很善於觀察，他讓左牧留下來的地方十分安全隱密，而且牆壁夠高，窗戶也接近天花板，對於藏匿來說是最佳地點。

正因為如此，左牧才能安安靜靜地在這裡休息，直到清醒為止都沒有被其他殺手打擾，而黃耀雪也能安心留他一個人在這裡等兔子男回來。

「來啦？」

坐在火堆旁的左牧，慵懶地抬起頭向走進門的兔子男打招呼。

兔子男粗魯地把兩人丟下來，立刻跑到左牧身邊，緊緊黏著不放。

沒有黃耀雪也沒有邱衍少，他終於可以安心陪著左牧了，不過左牧卻嫌麻煩，強行把人推開。

「你力氣太大，剛才被你抓過的地方還在痛，先離我遠點。」

兔子男可憐兮兮的鬆開手，卻沒有聽左牧的命令遠離，而是直接躺在他的大腿上，已經做出最大讓步的他，說什麼也不會放棄躺左牧大腿的機會。

對於這個畫面已經習慣的羅本和黑兔，拍拍屁股上的灰塵站起來。

「你狀況比我預料得還要糟糕。」

雖然火光亮度有限，但羅本還是能看出左牧的臉色跟之前有差。經驗豐富的羅本很快就從左牧的身體狀況，判斷出他應該是中毒而不是受傷的關係，再加上他之前透過狙擊鏡曾看到邱衍少跟黃耀雪在附近出沒，所以即使沒有開口和左牧確認，也能知道大概發生了什麼事。

「我很好，不用擔心。你們那邊的情況怎麼樣？」

黑兔將雙手放在後腦杓上，態度輕鬆地回答：「如果是指遊樂設施的話，我們已經先玩完兩個，只剩你玩完後就能把門打開。」

「不過我們這也有遇到一點麻煩。」羅本接著說完後，從口袋裡拿出電子手錶確認時間，「現在只剩一個小時半要帶你去玩遊樂設施，嘖……那些該死的傢伙，真的很擅長扯後腿。」

左牧輕鬆笑道：「找個輕鬆的遊樂設施隨便玩玩就好，不是什麼大問題。」

「……你確定？你不是不擅長玩這種東西嗎？」

「是不擅長，但也不是說完全不能玩。」左牧這次沒嘴硬，反而果斷承認。

羅本意識到左牧打算挑最簡單的遊樂設施，不由得嘆氣。

這個區域裡最簡單的遊樂設施是旋轉木馬，而且還是兒童型的小遊樂設施，確實對不擅長玩遊樂設施的左牧來說是最佳的選擇。

不過，那個遊樂設施附近肯定有不少殺手埋伏。

主辦單位既然會主動提出要求左牧「獨自」玩完一個遊樂設施，就表示他們很清楚左牧不擅長，想當然爾，他們也會預料到這點，在最簡單的遊樂設施周圍安排人手。

羅本十分確定左牧絕對不可能沒料想到這些，即便知道卻還是要這麼做的理由，只有一個。

「你又想做什麼？」

左牧抬頭，勾起嘴角笑道：「當然是做絕對不會吃虧的選擇。」

黑兔看看左牧，再看看羅本，接著嘆氣。

看樣子他又沒得休息了。

／

如同左牧和羅本預料的，兒童旋轉木馬周圍確實有不少殺手埋伏，他們沒有愚蠢到直接站在那守著，而是躲藏在暗處等著獵物上門。

當然，這些殺手躲的位置左牧一個都沒看到，不過他身旁的伙伴們很給力，所以就算他沒看到殺手在哪也可以確定對方的人數和位置。

相較於其他遊樂設施，旋轉木馬確實是最簡單而且是連不擅長的人也能搭的類型，但比較棘手的問題就在於，搭乘一次比較費時。

一般來說旋轉木馬玩一次需要花費兩至三分鐘左右的時間，如果說是在普通情況下倒還好，但問題就在於，他們必須想辦法在兩分鐘之內不讓其他殺手進行干擾，這難度就稍微高一點。

——可是，那是在「普通」情況下。

要守住旋轉木馬，保護左牧直到遊樂設施結束為止，對這三個人來說並非難事，所以當他們確認敵方數量和位置後，表情泰然自若，根本不覺得麻煩。

「你乖乖坐著別亂動，一停下來就立刻從出口走出去就好。」羅本正在向左牧說明待會他需要做的事，「有狀況我會在這裡輔助，你的槍沒了對吧？」

「嗯，之前弄掉了。」

「這個給你，以防萬一。」

羅本拿出自己的手槍，連同槍套一起遞給左牧。雖說是比較少見的手槍種類，但對於會使用槍械的左牧來說，應該沒有什麼問題。

左牧確認子彈數量並拉開保險，點點頭，將它收進槍套裡，並綁在腰上。

「結束後大門會解鎖，但是它開門的時間只有三分鐘，從這裡來得及趕過去嗎？」羅本很早就想問這件事，旋轉木馬的位置雖然是在區域中央，離門不算遠，但那些殺手肯定會跑出來阻撓。

左牧笑著說道：「不用擔心，到時候甩掉那些人，在剛才的火堆那邊會合。」

這意思是左牧不打算從門出去？如果是這樣的話，就表示他有其他離開的方式，根本不需要特意開門。

「你是為了救謝良安才把門打開？」

「當然，這是那傢伙自己設的規則不是嗎？」

左牧笑盈盈的模樣就像是奸商，羅本摳摳臉頰思考後，決定不再細問下去。

「走吧。」左牧起身，拍拍兔子男跟黑兔的肩膀，「開始行動。」

兔子男和黑兔交換眼神，由兔子男扛起左牧，直接帶著他從建築物屋頂往下跳，黑兔當然也緊跟在後。

兩人身體相當輕盈，輕鬆俐落沿著建築物外凸出的招牌和裝飾，一口氣就從有三層樓高度的距離跳到地面。

他們的出現似乎很快就被其他殺手察覺，兔子男和黑兔能清楚感受到目光集中在他們身上，於是他們沒有停留，立即奔向旋轉木馬。

這棟建築距離旋轉木馬大概只有幾百公尺，可是阻擋在他們面前的殺手數量，卻讓這段不算近的距離變得更遙遠。

左牧突然被兔子男甩到背後去，因為怕摔下去，他反射性用雙手和雙腳緊緊環住兔子男的身體，接著就感覺到他以俐落的動作拔出短刀，輕而易舉彈開揮向自己的利刃，趁對方步伐不穩，直接抓住那受到驚嚇而瞪大雙目的臉，用力把他的後腦杓向後推去撞另外一名殺手。

一個鼻樑斷裂噴血，一個因後腦杓撞擊而頭暈目眩，兔子男和黑兔就趁機穿過去，繼續去對付其他妨礙他們的殺手。

左牧還是第一次這樣近距離看兔子男出手，果然很可怕。

雖然他現在就像隻無尾熊一樣把兔子男當作大樹，扒住不放，看上去有點愚蠢，但不得不說這確實是不妨礙兔子男出手的最好方式。

在黑兔跟兔子男的協助下，左牧並沒有被干擾到太多時間，很順利來到旋轉木馬。

兔子男停下後左牧就立刻跳下來，直接從圍欄側跨過去，在經過控制台的時候用力拍下啟動鈕，接著踏上旋轉木馬。

身體還沒完全恢復的他，因為接二連三的耗力動作所以有點喘，不過他沒有多少時間休息，眼角餘光很快就注意到在圍欄外朝他舉槍並扣下扳機的殺手。

左牧原本想閃躲，但槍聲卻已經響起，根本不打算給他反應的時間。

可是，子彈沒有擊中他。

並不是這個殺手射歪，而是幾乎在同個時間，有另外一發槍響。

兩發射出的子彈在空中碰撞，掠過左牧的髮際，直接射入旋轉木馬中央的圓柱，這種幾乎不可能做到的事，令左牧吃驚。

他立刻看向羅本所在的位置，不由自主地冒冷汗。

剛才羅本是直接開槍狙擊那發打出去的子彈嗎？真的假的？

別說距離了，如果沒有算好時間點和子彈射擊的路線，是不可能打得中的，這比打移動靶還要困難千百倍。

左牧原本以為羅本只不過是比普通狙擊手要再稍微強一點而已，現在看來，或許他從來就不知道羅本真正的實力。

不過以羅本的個性來說，或許是因為覺得沒必要。

畢竟那傢伙一直很想過上「普通」的生活。

很快地，左牧就收回思緒，因為他看見殺手們開始試圖靠近欄杆，甚至也有幾個人舉槍瞄準自己。

「碰碰。」

「碰碰碰。」

槍聲此起彼落，左牧依賴旋轉木馬上的座位躲避攻擊。

雖然兒童的旋轉木馬並不大，但多少還能拿來躲子彈，而且硬度也夠。

第一波槍擊結束後，左牧還以為會緊接著來第二波攻勢，但兔子男跟黑兔完全沒有給那些殺手任何機會，尤其是兔子男，他對於這些殺手老是對左牧開槍這件事感到不爽，下手自然也比較狠一點。

黑兔在旁邊看著都忍不住覺得這些被兔子男揍的殺手有點可憐。

兔子男雖然沒有殺掉半個人，但都把這些人打到半死不活，甚至故意用刀砍傷對方的動脈位置，讓人大量流血卻不致死的程度，拿捏得剛剛好。

就是這點才讓人覺得可怕。

兩分多鐘很快就過去，並沒有想像中久，而在旋轉木馬完全停止之前，周圍已經倒滿一堆殺手，看起來就像是剛進行過大屠殺。

左牧在停止後直接跨過柵欄跳出去，和兔子男跟黑兔重新會合。

廣播傳來音樂聲，是樂園的主題曲，同時也傳來廣播。

『**區域大門已開放，將於三分鐘後再次關閉。**』

這句話不斷透過廣播重複著，看樣子在大門關閉前不會停止。

左牧並沒有理會，而是示意兔子男和黑兔離開。

不遠處的大門打開後，便開始倒數三分鐘，但隨著時間一分一秒過去，左牧一群人的身影始終沒有出現。

最後直到門重新關閉為止，都沒有任何人從零號區域離開。

這結果讓埋伏在附近的殺手們感到十分不解。

正如左牧預料，玩完遊戲打開門並非結束，因為出入口只有一個，而打開門的他們絕對不可能料想到殺手們會聚集在出口埋伏。

主辦單位便是利用了人們在聽完「遊戲規則」後的直接反應，認為只要「完成遊戲」就能從「出口」安全離開這點，讓大腦接收到「從大門走出去不會有危險」這個訊息。

然而，事實上卻是個陷阱。

遊戲規則打從一開始就沒有說過「安全」這兩個字，只說過「玩三個遊樂設施就能打開門」而已。

氣氛、狀態，以及身處的困境和突發的危險，這些事情都能影響人當下的判斷能力，而左牧最開始也確實受到了影響，但黃耀雪和邱衍少的出現，卻完美解決了他的困擾。

他知道主辦單位特地為他們安排的遊戲內容，肯定不會那麼簡單，加上隨著殺手人數增加，以及謝良安被抓走作為人質，讓他更加確定主辦單位就是打算趁今晚這個機會殺掉他。

只不過，他還以為那些殺他的人會是ＶＩＰ玩家們的隊伍，沒想到居然會是「困獸」，這點倒是出乎他意料之外。

「埋伏的人數比區域裡的還多啊。」黑兔在距離大門最近的建築物屋頂上俯瞰門口的狀況，當他看到那些殺手一個個露出意外表情的時候，忍不住想笑。

左牧坐在盤起雙腿、把自己當成沙發椅的兔子男大腿上，雙手環胸問道：「那些殺手有比較強的嗎？」

「都不是『數字』持有者，所以基本上是沒什麼威脅，可是，就算我跟三十一號再厲害，面對這種程度的人數，打起來多少還是有點辛苦。」

「果然避開是對的。」左牧摸著下巴思考。

在回到火堆處之後，四人就直接往黃耀雪提供的後門位置前進。

當他們到那裡的時候發現門鎖是開著的，很明顯，已經有人替他們把路開好。很聰明的是，門上的電子鎖並不是被破壞，而是被關掉某種功能。

也就是說，這段時間電子鎖的功能是失常狀態，跟普通的門沒有什麼不同，即便隨便打開關上也不會有任何反應，監測系統也不會回報門的任何狀況。

這種程度的干擾程式，很明顯不會是黃耀雪或邱衍少能做得出來的東西，不過左牧也沒打算細究，他只需要能夠用其他方式離開零號區域就好。

順利離開封閉區域的左牧一行人，很快就找到能夠觀察大門口的位置，四個人就這樣默默地成為欣賞這些殺手不知所措模樣的觀眾。

老實說，還挺有趣的。

「好了，我們去樂園出入口吧。」

隨著左牧一聲下令，另外三個人交換眼神後點點頭，以俐落的身段離開樓頂後踏上被路燈點亮的道路。

「走這條路沒關係嗎？」羅本好奇問道：「這裡不是有那些怪物？」

雖然左牧說不用特地躲躲藏藏，但他還是忍不住會擔心其他危險，更何況他們之前才在這裡遇過那些肌肉壯碩的怪物。

左牧悠哉地聳肩，「不用擔心，那些殺手都不怕了我們怕什麼。」之前遇到的實驗失敗品，並沒有能夠分辨敵我的智力，也就是說如果有他們的人在裡面的話，主辦單位就不會放那些怪物出來。

白天開園時間的時候也是如此，否則主辦單位不會特地安排只有隊長能夠進入的安全屋，這就是為了避免玩家因隊長死亡而整隊直接被秒殺的狀況。

至於要問為什麼，很簡單。

玩家死得太快對主辦單位來說沒有好處，而且觀賞度也不足以餵飽那些下注的會員們。只有保持遊戲的高玩賞性質，才能讓那些有錢人願意掏錢出來投注，畢竟這可是主辦單位他們的主要收入。

並且為了維持公平性，主辦單位會完全遵守遊戲規則，絕對不會出老千，這種毀掉商譽的作法，只會引來反效果，對他們沒有任何好處。

——所以這就是左牧為什麼敢大膽走在路燈下的原因。

走到這裡的話，就算現在那些殺手收到通知，回過頭來想殺他們也已經來不及，零號區域可能沒有那麼多監視器，但他很肯定，樂園其他區域絕對都是塞好塞滿各種傳送影像的裝置。

在那些「客人」面前，主辦單位不可能會再做什麼多餘的事，否則也不會刻意把他們引到其他封閉區域後，瘋狂塞殺手攻擊他們。

金屬摩擦聲劃破寧靜的夜空，吸引了左牧的注意力。

他抬起頭，看著停在大型骨董機械鐘上的機械小鳥，勾起嘴角。

「現在該兌現諾言了吧？」

左牧用挑釁的口吻詢問那隻機械小鳥，因為他知道透過那雙眼睛看著他的人，現在肯定氣得咬牙切齒。

『你沒有從大門離開。』

傳出聲音的，並不是那隻機械小鳥，而是位於左側的廣播器。

左牧並沒有看向廣播，而是直視機械小鳥回答：「遊戲規則裡並沒有說一定得從那扇門走出去。」

他甚至故意聳肩，表現出滿滿的無奈感，「不是說過你不會『言而不信』？難道你想當著自己客人們的面說謊？」

咄咄逼人的提問，讓廣播裡的男人陷入沉默。

安靜大約幾秒鐘之後，男人才又再次開口。

『……恭喜您，左牧先生。您優異的表現會得到應有的報酬。』

就像是故意賭氣似的，在說完這句話之後廣播裡就只剩下沙沙聲響。

羅本冷哼道：「看樣子你把那些傢伙惹得很不爽。」

「不爽的人應該是我才對，我被他們搞得很累，還差點死掉。」

羅本打量左牧的臉色後，皺緊眉頭，「回去後我給你煮點補血的食物，你現在的臉色看起來跟死人差不多，虧你還能這麼輕鬆地和那傢伙談判。」

「就是要讓他們知道我活得好好的，才能讓他們明白，要這些小聰明沒有任何意義，而且我也沒那麼容易死。」

「別逞強過頭。」

「好好好。」左牧搔搔頭，敷衍完之後又改口：「我盡量。」

想當然爾，他的敷衍態度讓羅本很不滿，直接朝他翻了個白眼。

四人踏著輕鬆的腳步來到樂園出入口，看到一個被綁在椅子上、昏過去的男人，除左牧之外的三人，遠遠就看清楚那個人是謝良安，所以並沒有做出任何反應，倒不如說他們都快忘了這傢伙的存在。

謝良安的腳邊放著一個信封袋跟無線耳機盒，耳機盒底下壓著一張紙，上面只簡單寫著四個字。

「三個問題」。

即便沒有任何說明，左牧也能立刻明白這句話的意思。

至於信封袋，光是從厚度他就能確定裡面放著的是說好的三百張通行證。

原本他打算累積五百張再行動，是因為這樣比較保險，但現在因為ＶＩＰ玩家會在絕望樂園開放時間對他們出手，想要把剩下幾張補滿可能有些困難。

逼不得已，他只得稍微改變計畫，利用手邊目前有的通行證張數來攻略群島。

「兔子，把謝良安扛好，羅本、黑兔，找個地方休息。等樂園開門我們就離開。」

左牧下令後，三人立刻照辦。

原本他們還有點擔心主辦單位不會善罷干休，但直到樂園白天開門時間到之前，主辦單位都沒有再對他們出手。

／

漫長的夜晚結束，迎來的曙光格外讓左牧感到輕鬆。

他知道邱衍少實力很強，但他不知道這個男人連解毒劑都做得這麼完美，僅僅只是睡了一覺就讓他精神恢復不少，完全不像是剛從鬼門關拉回來的人。

回住處後，左牧簡單沖個澡就直接倒在床上沉沉睡去，像這樣突然斷片睡著的感覺已經很久沒體驗過，記得前一次這麼累，好像是熬夜三天查案子的時候。

當左牧醒來後，羅本就直接端上熱騰騰的豬肝湯和炒飯，不得不承認，能用普通的平底鍋把炒飯炒得這麼好吃，簡直是奇蹟。

左牧睜開眼的第一件事，就是確認時間。

下午三點多，老實說睡得不算太久，原本他還以為自己會直接睡到晚上。

他瞥眼看向放在矮桌上的無線耳機，三個提問機會，不急著早早用掉。

不過，有點奇怪。

睡著前他明明記得兔子男還跟他一起待在房間裡，可是醒來後除了羅本之外，都沒見到兩隻兔子。

「吃飽就再休息一下。」

進房間收拾餐具的羅本拿著餐後甜點，放在他面前。

是滑溜溜的布丁，焦糖的香味一下子就鑽入鼻腔，讓人忍不住流口水。

左牧一邊吃一邊盯著電視螢幕，懶散地問：「那兩隻兔子又跑去哪？」

「我也不知道，反正他們只要我好好照顧你。」

「……他們該不會又打算幹什麼壞事吧？」

「看那兩個人的反應，我覺得應該是。」

「那你怎麼沒阻止？」

「幹嘛阻止？感覺挺有趣的不是嗎。」

羅本眨眨眼，完全沒興趣的態度讓左牧瞠目結舌。

明明比他更討厭這種擅自行動的行為，但羅本居然沒有任何想法？

「你哪根筋不對？」

「我只是大概猜到他們在想什麼，沒打算阻止。」

左牧真心無言。

羅本看著電視螢幕，好奇問：「你接下來打算怎麼做？」

「嗯──」左牧含著湯匙，左思右想，「我是打算先休息一下，謝良安狀況怎麼樣？」

「他還挺沮喪的，好像是因為老是被當人質的關係。」羅本老實回答，接著又補上但書，「不過他再怎麼樣都比差點死掉的你要來得好。」

「都說了我沒事。」

「中了毒快死掉，還被邱衍少那種人救了一命，然後你再跟我說沒事？」

羅本黑著臉，眼神看起來像是要把人吞下肚似的，連左牧都覺得有點可怕。

他趕緊安撫：「對不起我很有事，我會乖乖休息。」

羅本冷眼掃視他，眼神充滿不信任。

左牧只能苦笑。

「所以你應該不會說什麼明天立刻出發這種鬼話吧？」

「是不至於啦，身體沒完全恢復，我也不打算去白白送死。」

「所以是後天出發？」

「……不行？」

羅本上下打量左牧，似乎是在觀察他的恢復情況。

確認過後他才稍微鬆開眉頭間的皺紋，妥協道：「可以，但先不要從太難的群島開始。」

左牧摳摳臉頰，有點尷尬。

看來羅本早就知道他已經把那些群島研究完，早就把攻略順序安排好。

「我也不知道那些群島的難易度，主辦單位沒提供那些資料。」

「你不是有三個提問空間？丟出去問不就好了。」

「不，這樣不划算。」

「……怎麼不划算？」

「你覺得知道我們要攻略哪座群島的主辦單位，不會再私下動什麼手腳嗎？」

左牧扔回來的問題，讓羅本說不出話。

「你不是說主辦單位不會違反自己設下的遊戲規則嗎？」

「對，但我沒說他們不會臨時修改規則。」左牧攤手道：「從那些群島的通行證使用張數是浮動性的狀況來看，恐怕每座島的通關難易度也會跟著改變，這就讓主辦單位有能夠隨時調整規則的空間。」

羅本完全沒想到這個可能性，看來就觀察力來說，他仍沒有左牧來得靈光。

「難度隨時在變動的話，就有點棘手了。」

「所以別想太多，老老實實闖關就好。」

「你是打這個算盤所以才想要事先蒐集那麼多張通行證嗎？」

「算是吧。」

左牧吃完布丁後起身，慢慢走向房外。

羅本拿起盤子跟在後面，兩人來到客廳，而謝良安正抱著靠枕，兩眼無神地躺在沙發上放空。

「你在幹什麼？」

直到左牧走過來，謝良安都沒發現，甚至還被左牧的聲音嚇到滾下來。

「咚」一聲，從響亮的聲音可以聽得出來，這下摔得不輕。

「痛痛痛……」

「……沒事吧？」

左牧把人扶起來，因為是臉著地的關係，謝良安的鼻頭被撞紅。

才剛想說這樣會不會流鼻血，兩條鮮紅色的血液就從鼻孔裡流出來。

「哇啊啊！我我我、我的鼻子！」

「閉嘴，頭低下來。」

看不下去的羅本，手腳俐落地走過來抓住謝良安，把他壓在沙發上，強行把頭固定住，眼明手快地用衛生紙塞住他的兩顆鼻孔。

被強行扣住，無法動彈的謝良安，就像是被羅本挾持一樣，完全不像是在替他止鼻血。

「你被抓走後，那些傢伙沒對你做什麼？」

「沒、沒有。」因為鼻子被塞住，所以謝良安的發音有點奇怪，但還是能夠聽得清楚，「他們把我打暈了所以我、我什麼也不知道，醒來之後就已經回到這裡……抱、抱歉。」

從謝良安的回答，左牧確信自己當時的直覺沒錯。

殺死謝良安對主辦單位來說沒有任何好處，這表示他還有利用價值。

「沒關係，反正我本來就不指望你能給我什麼有用情報。」

謝良安乖乖閉嘴，因為左牧說的是事實，他沒辦法反駁。

剛和發出嚶嚶哭聲的謝良安結束對話，兔子男和黑兔就從靠海的窗戶鑽進來。

他們似乎沒想到會在客廳撞見左牧，兩個人同時露出被抓包的心虛表情。

左牧瞇起眼，雙手環胸，等著他們先開口解釋自己到底溜去哪玩。

黑兔還在想藉口，但兔子男卻大步走過去，直接往左牧手裡塞東西。

感覺到紙張的觸感，左牧低頭一看，赫然發現居然是一疊整理得亂七八糟的通行證。

他傻眼三秒，然後將頭向後仰，再停頓五秒鐘時間好好思考自己要說的話，接著忍不住怒言：「這些通行證是從哪拿來的？」

進出絕望樂園一定得讓隊長同行，但謝良安還在這裡就表示這兩隻兔子並不是靠完成遊樂設施得到這些通行證的。

剩下來的可能性，只有一種。

「你們該不會去搶其他玩家的通行證？」

「先別急，我們沒這麼做。」黑兔搔搔頭，他知道左牧肯定會這樣想，所以急忙開口滅火，

「我們只是溜進其他人的房子拿走幾張而已。」

「……算了，沒人受傷就好。」

本來這個遊戲就不受法治約束，犯罪行為也能夠被視為正當手段，所以偷竊他人的通行證自然沒有違反遊戲規則，只是左牧不太希望用這種方式來達到目標。

不過，他沒想到竟然真的有人把通行證這麼重要的物品留在住處，完全不怕被人偷走。

VIP玩家不需要通行證，因為他們的目的並不是通關，所以這些通行證絕對是從一般玩家那裡搜刮來的。

沒想到搜一搜竟然跟他們一天獲得的通行證數量不相上下，這有點出乎左牧的意料之外。

「我們之後很難進入樂園蒐集通行證，所以只能靠這個方式補充。」黑兔邊說邊聳肩，「再說你不是說要五百張才會開始攻略群島？我只拿了補足剩餘數量的張數，沒有拿走很多。」

兔子男跟著點頭，很期待左牧會稱讚他，但他卻遲遲沒等到。

反而左牧的臉色不是很好看，像是在生氣。

這讓他有點不太明白，明明自己做的事沒有錯，為什麼左牧卻一點也不高興？

他明明遵守了左牧下達的命令，在十四天內把通行證數量累積到五百張了啊。

難道說，通行證數量不夠用？這樣的話他就只能——

「喂。」

左牧出聲喚回兔子男的思緒，因為他已經注意到兔子男的眼神變得越來越危險，為了安撫這隻兔子，他伸手摸摸兔子男的頭，這才讓他的眼神重新變回原本的樣子。

「好吧，這個話題到此為止。通行證現在數量很夠，你們不用再去蒐集了。」左牧把通行證整理好之後收進口袋，「晚上要開會討論，在這之前你們都別再單獨行動，聽見沒？」

「知道了啦。」黑兔雙手收在後腦杓上，不滿地嘶嘴碎念。

兔子男很開心的黏在左牧背上，和他貼在一起的姿勢能讓他清楚感覺到左牧的體溫，這麼做能讓他安心。

然而，悠閒的時間卻沒有維持太久。

原本態度散漫的兩隻兔子，像是嗅到了什麼氣味，眼神突然變得銳利可怕。

下一秒，停靠快艇的位置突然爆炸，爆風強勁到直接把別墅的玻璃全部震碎，即便不是爆炸點，但屋內卻仍受到影響而變得狼狽不堪。

先注意到情況不對勁的兔子男，用身體護著左牧，並迅速把桌子推倒立起作為盾牌，躲在後面，黑兔則是一把揪住謝良安和羅本的衣服，拉著他們撲倒在地上。

近距離的巨大爆炸讓左牧的耳朵嗡嗡作響，一時半刻聽不見其他聲音，只能看見兔子男很慌張地盯著他看。

左牧搖搖頭，頭昏腦脹地抓住兔子男的肩膀。

當他終於恢復思考能力之後才意識到屋外有東西爆炸。

「該死……」左牧邊咒罵邊起身，兔子男慌慌張張的扶著左牧，連自己的臉被玻璃碎片劃傷都不想管。

一旁閃避爆炸的三人也起身，身上也有點擦傷，但所有人都不在意。

五人從破碎的落地窗走出去之後，就看到在小港口熊熊燃燒的快艇，已經變成一顆火球，無藥可救。

「哈，那些傢伙是打算對我們提出警告？」左牧雖然知道主辦單位會動點小手腳，但他沒想到居然是把他們的快艇炸掉。

這樣的話，他們就沒有前往群島的交通工具，就算有通行證也過不了關卡。

「剛才嗅到空氣中有火藥味，應該是點燃引信的氣味。」黑兔抖抖鼻子，接著說：「船上的炸彈應該是趁我跟三十一號不在的時候安裝上去的，意圖明顯啊。」

羅本拍拍身上的玻璃碎屑，順便關心因為爆炸而抖到不行的謝良安。

謝良安沒想到會在離自己這麼近的距離感受到爆炸的威力，有那麼一瞬間，他真以為要沒命了。

左牧的臉色很難看，因為這個爆炸讓他確定主辦單位也不打算隱藏自己的意圖，甚至有種想要改變這場遊戲的感覺。

羅本有些擔心，望著已經開始下沉的遊艇說：「喂，左牧。你是不是要考慮改變一下計畫？」

「看來之後不管我們選擇哪座群島，玩哪個等級的遊戲，都無所謂。」

望著眼前的快艇，左牧覺得頭很疼。

主辦單位那些老狐狸，還真擅長打亂他的計畫。

「先療傷。」左牧拉住兔子男的手進屋，並對其他三人說：「那些傢伙不會這麼快就下手，只不過是想威嚇我們而已，所以不用緊張。」

三人看著左牧，點點頭。

「知道了。」

「好吧好吧。」

比起快速回應的羅本和黑兔，謝良安一句話都沒說。

為什麼這四個人還能這麼冷靜？他實在想不明白。

謝良安回頭看向變成火球慢慢沉入海裡的快艇，臉色慘白，此時他腦海裡回想起的，是一張男人的臉。

『只要你照我的話去做，我就保證你能活著回去。』

男人的聲音迴盪在耳邊，即便過去很久，仍沒有被遺忘。

他說了謊。

被那個可怕的男人帶走之後，他來到主辦單位安排的高級房間，在那裡向左牧提出交易，並唆使「困獸」的殺手和抓走他的男人見了面。

『你難道真的以為自己真的能夠平安無事？就靠那四個人？』

和他進行交易的男人，不斷用可怕的言語恫嚇自己。

那充滿自信的態度，加上綁走他的男人站在黑暗角落裡，用銳利目光注視他的沉默態度，導致謝良安沒有辦法冷靜做出判斷。

最後，男人說出最令他動搖的關鍵句。

『難道你覺得陳熙全是會讓叛徒活著回去的那種好人？』

『一旦被貼上叛徒的標籤，你就只能做一輩子的叛徒。』

謝良安用力抖了一下身體，從記憶中回過神。

他抬起頭看著走進屋內的左牧四人，緊抿雙唇。

現在的他，真的不知道該怎麼做才好，好像他不管做什麼都不對。

「謝良安！」

突然，左牧的聲音讓謝良安猛然從將自己困住的思緒中清醒過來。

他看著左牧，眼神充滿恐懼與不安。

左牧並沒有意識到謝良安為什麼會變成這樣，反倒是以為他被剛才的爆炸嚇得不輕的樣子，於是對他說：「沒事的！我說過不會讓你出事。」

雖然知道左牧指的是眼前現在遭遇的危險，但在這個時間點聽到他說的話，仍讓謝良安不由自主地覺得他是在回應自己內心的恐懼。

他知道自己想太多，但奇怪的是，當他看見左牧那雙不為任何事動搖的眼神後，突然覺得那些威脅和勸誘他背叛左牧的事，全都不值一提。

謝良安邁開步伐，快步走向左牧，著急地來到他身旁，像是想拉住保命浮木一樣，緊緊抱住他的手臂。

兔子男臉色大變，立刻露出想要殺人的眼神，但是被左牧狠狠掐臉頰阻止。

左牧從那雙抓住他的手，感覺到謝良安的恐懼與不安，便容許了謝良安的親密行為。

他留意到謝良安身上也有擦傷，嘆口氣之後對他說：「你也過來，我幫你擦藥。」

謝良安沒回答，只是安靜地黏著左牧，和嫉妒心爆棚的兔子男一起進入臥室。

被完全遺忘的羅本和黑兔互看一眼，分別轉身去做自己的事。

不得不承認，謝良安膽子挺大的，居然敢當著兔子男的面搶左牧。

看來以後有好戲可看了。

——《遊戲結束之前 第二部01》完

——《遊戲結束之前 第二部02》待續

後記

各位好，我是最近開始寫一堆新坑的挖坑草。

很多作品都寫完了，是時候該開始新的旅途（新坑）。隨著坑草手邊一些連載作品的完結，新坑也一個個啟動開挖手續，除了這部作品之外，之後也會有許多新作品和大家見面，題材方面也會繼續找沒寫過的設定來寫，以不重複為準。如果大家有想看的題材，也可以私訊告知坑草。

真的很感謝大家對《遊戲結束之前》的支持與喜歡，讓坑草能夠繼續寫這個有趣的故事。這次的劇情時間點是在番外之後，大家可以接著看下去，不過建議是要看完番外再接著第二部看會比較順。遊戲部分是設定全新的規則和投入新的玩家，和第一部的孤島遊戲有點不同，這座島上並沒有玩家與罪犯兩種身分，大家都是「玩家」，不過戰鬥部分不會比第一部來得少，可以期待一下。更重要的是，之前在粉專投票希望再次登場的角色們這次也會和左牧他們一起玩遊戲哦！

第二部目前規畫只有三本，本數少但單本總字數會提高，坑草會盡力滿足大家。《遊戲結束之前》能再次和大家見面，是因為有讀者們的陪伴，也因為有各位的陪伴和支持，坑草才能繼續寫下去，支持作品是對作者的一種肯定，而身為作者的我，會努力將最好的故事呈現在大家面前。

再次感謝支持坑草並購買本作的你。

草子信

草子信ＦＢ：https://www.facebook.com/kusa29

高寶書版集團
gobooks.com.tw

輕世代 FW401
遊戲結束之前 第二部01

作　　者　草子信
繪　　者　日　々
編　　輯　賴芯葳
美術編輯　彭裕芳
排　　版　彭立瑋
企　　劃　黃子晏

發 行 人　朱凱蕾
出　　版　三日月書版股份有限公司
　　　　　Mikazuki Publishing Co., Ltd
地　　址　臺北市內湖區洲子街88號3樓
網　　址　www.gobooks.com.tw
電　　話　(02) 27992788
電　　郵　readers@gobooks.com.tw（讀者服務部）
傳　　真　出版部　(02) 27990909　行銷部 (02) 27993088
郵政劃撥　50404557
戶　　名　英屬維京群島商高寶國際有限公司台灣分公司
發　　行　英屬維京群島商高寶國際有限公司台灣分公司／Printed in Taiwan
　　　　　Global Group Holdings, Ltd.
初版日期　2023年10月

國家圖書館出版品預行編目(CIP)資料

遊戲結束之前第二部 / 草子信著.-- 初版.　-- 臺北市：三日月書版股份有限公司出版：英屬維京群島高寶國際有限公司臺灣分公司發行, 2023.10-
面；　公分. --

ISBN　978-626-7152-97-3(第1冊：平裝)

863.57　　112014418